Minstagram

Shiotaiou no Sato san ga
Ore ni dake Amai.7

♥いいね！

塩対応の佐藤さんが俺にだけ甘い 7

#著／猿渡かざみ　#イラスト／Aちき

「見て見て押尾君、
エイの裏側のものまね」
得意げに笑う佐藤さんが「むぎゅっ」
となった口で言った。
「かっ」
そして俺はたちまち固まってしまう。
ほ、奔流……！
佐藤こはる

三万尾のイワシにも匹敵する膨大な
可愛さの奔流が俺の脳内へ一気にな
だれ込んできた！
——なに？　なになになになになに
なにこれ何が起こってんの⁉
ほっぺ柔らか‼　顔ちっさっ⁉
てかなにその「エイの裏側のものま
ね」って‼　えっ⁉　あまりに可愛
すぎる⁉　しかもさっき「エイっ」っ
て言ったよね⁉
あまつさえその得意げな表情……‼
無理無理無理無理無理、無理です。

「やめてやめてやめてやめて」
押尾颯太
「ゆ・き・ね・ち・ゃ・ん……？」

「こはるお姉ちゃんは、アンダー65のえぶっ」
佐藤雪音

「颯太君は、本当に鈍いね」

俺の目もようやく暗闇に慣れてきて、
だんだんと佐藤さんの表情が見えてきた。

「私が大丈夫って言ったのは……」

彼女は……羞恥で頬を赤く染めていた。

しかしその一方、どこか怒ったように、
それでいて熱っぽい視線をこちらに向けている。

「颯太君は大丈夫って意味じゃなくて……」

佐藤さんが布団の中でぎゅうっと俺の手を握りしめてくる。

俺の動悸はどんどん早くなる一方だ。

「――颯太君にだったら大丈夫って意味なんです、　けど……」

contents

Shiotaiou no
Sato san ga
Ore ni da
Amai.
7
猿渡かざみ
Kazami Sawatari
イラスト／Aちき
Atiki

五十嵐 澪
【いがらし　みお】
高校二年生。佐藤さんのクラスメイトで演劇部部長。通称みおみお。

佐藤 雪音
【さとう　ゆきね】
佐藤さんの父方の従姉妹。クールな小学五年生。挨拶は「こんべるじゅ〜」。

丸山 葵
【まるやま　あおい】
高校二年生。佐藤さんのクラスメイトで、演劇部所属。通称わさび。

佐藤 冬乃
【さとう　ふゆの】
雪音の母。
佐藤さんの父・和玄の妹で、佐藤さんの叔母にあたる。

樋端 温海
【ひばた　あつみ】
高校二年生。佐藤さんのクラスメイトで、演劇部所属。通称ひばっち。

三園 蓮
【みその　れん】
高校二年生。颯太の親友。勢いで押尾君たちに村上春花との交際を宣言した。

十 麗子
【つなし　れいこ】
高校一年生。学校では佐藤さんの後輩だがバイト先の元先輩でもある。

三園 雫
【みその　しずく】
蓮の姉。
古着屋「MOON」の店員。
酒癖は悪い。

姫茴 薫
【ひめうい　かおる】
高校二年生。有名現役女子高生ミンスタグラマー。押しがとても強い。

根津 麻世
【ねづ　まよ】
雫の友人。雑貨屋「hidamari」の店員。酒癖は良い。

押尾 清左衛門
【おしお　せいざえもん】
颯太の父。
「cafe tutuji」の店主。

characters
押尾　颯太
【おしお　そうた】
高校二年生。実家である「cafe tutuji」の店員。佐藤さんの彼氏。
佐藤　こはる
【さとう　こはる】
高校二年生。通称"塩対応の佐藤さん"。押尾君の彼女で、塩対応軟化気味。

プロローグ　クリスマス

♠

一二月二四日、冬休み初日のクリスマス・イブ。

全国のカップルが一年で最も特別なひと時を過ごすであろう今日この日……。

俺と佐藤《さとう》さんもまた、特別なデートの真っ最中であった。

桜庭《さくらば》市から電車とバスを乗り継いで約2時間――県内最大級の水族館『マリンピア・ウミノ』にて。


「ね、ねねねねねねっ!?　見て！　押尾《おしお》君見てっ!?　ペンギンが!!　サンタさんに!!」

「本当だ！」

佐藤さんが興奮気味に声を弾ませながら、俺のコートの袖《そで》を引っ張る。

皆は佐藤さんが何を言わんとしているのか見当もつかないだろうから説明すると……

サンタクロースのコスプレをしたケープ・ペンギンたちが、飼育員の誘導のもとよちよちと廊下を行進していた。

クリスマス限定の粋《いき》な催しだ。これには老若男女問わず大盛り上がりで、人だかりからは立て続けに黄色い声とシャッター音があがっている。

俺も事前にミンスタで下調べしてこのイベントについては知っていたものの、ちょっと、改めて感動してしまうぐらいの可愛《かわい》さだった。

佐藤さんなんかもう、放っておいたらペンギンたちの後を追って行進に参加しそうなほどのはしゃぎっぷりである。

「はぁ……持って帰りたい……あまりに可愛すぎるよ……」

ペンギンサンタたちの背中を見送りながら、名残惜しそうに呟《つぶや》く佐藤さん、切なげに唇を噛《か》む彼女の横顔は、正直他のなによりも可愛いわけだけど……

……唇。

唇かぁ……。

「……押尾君？　どうしたの？　私の顔何かついてる？」

「あ」

まずい、我を失っていた。

「えっ、ああいやっ!?　本当に可愛いなあと思って！」

「へっ……？」

佐藤さんの顔が見る見るうちに赤くなって……あっ、違う！

「ペンギンね!?　ペンギンの話！」

いや実際に佐藤《さとう》さんのことも可愛《かわい》いと思ってたけど！　でも今のは違う！

「あっ、そ、そうだよねー！　可愛いよね!?　ペンギン！」

「うん、可愛い可愛い、あはは……」

ふう、危ない、なんとか誤魔化《ごまか》せた……。

……いや、でもよく考えたら誤魔化す必要なんてなかったんじゃないか？

カレシだし、むしろ素直に褒《ほ》めるべきだったのでは……。

そんなことを一人で悶々《もんもん》と考えていると、

「あーあ、ペンギンって家で飼えたりしないのかなぁ」

「えっ、た、多分無理じゃないかなぁ……？」

「そっかぁ、確かにウチはそんなに広くないしね」

ちょっとズレた発言ののち、佐藤さんが見るからにしょんぼりしてしまった。

ボリュームのあるマフラーに口元を埋《うず》め、伏し目がちになる佐藤さん……

……こう言っちゃなんだけど、なんかこう、ぐっとくる。

ウッ、なんだこれ……!?　急に胸が締め付けられて……母性……？

……い、いやいやいや！　彼女が落ち込むところ見てどういう反応してるんだよ！　なんか
ちょっと変態っぽいぞ俺!?

「つ、次行こうか!?　まだ回るところはいっぱいあるし！」

「そうだね……」

取り繕うように言った俺の後ろに、佐藤さんがしょんぼりしたままついてくる。

季節は冬まっただ中、厚めに着込んでシルエットの丸くなった佐藤さんがよちよちついてくるさまは、まるで親ペンギンの後を追う子ペンギンのようで……。

「……ペンギン抱いて寝たかったな……」

「ウッ」

頼むから一度しまった母性を引きずり出すようなセリフはやめてください。

『それではこれより、三万尾のイワシが織りなすクリスマスショーの始まりです。どうぞ皆さま、心ゆくまでお楽しみください……』

「わ」

「わあ……！」

俺と佐藤さんはほとんど同時に感嘆の声を漏らした。

マリンピア・ウミノの誇る大水槽で、イワシの群れが銀色の渦を形成している。

この巨大な渦が、いかにもクリスマス風なＢＧＭに合わせて水槽の中を縦横無尽に駆け巡るのだから、ついつい息をするのを忘れてしまうぐらい幻想的な光景だった。

まるで海そのものが意思を持って踊っているみたいだ。

「綺麗《きれい》……」

「うん、本当に綺麗だね……」

二人揃《そろ》ってしみじみ感動。

「イワシさんもたくさんダンスの練習したんだね、三万尾も大変そう……」

「どうだろう……そもそもこの音楽って水槽の中にも聞こえてるのかな？」

「あ！　確かに」

「解説があるね、ええと……へぇー、なるほど、音楽に合わせて水槽の中にある管から餌《えさ》を出してイワシの群れを誘導してるんだって」

「すごい！　ピンときた！　ピンときたよ押尾《おしお》君！」

しっくりきた、と言いたいのだろうか？

えげつないぐらい可愛《かわい》いな……。

「ちょっと待って続きがある、イワシがまとまった群れを作る理由は、同じ水槽に入れられた天敵のサメから身を守るためなのです、だって」

「可哀想《かわいそう》！　なんか可哀想だよ押尾君⁉」

「そう言われてみるとね……」

踊っているというよりは、身を寄せ合い逃げ惑っているという表現の方が近いのかもしれない。なんとも不憫《ふびん》なイワシたちである。

……一匹ぐらい間違って食べられてしまったりしないのだろうか？

にわかにそんな不安を抱きながら、水槽の中を覗《のぞ》いていると……

「わっ」

「っ!?」

俺と佐藤《さとう》さんの目の前に「ぬう」と一匹のエイが現れた。

座布団ぐらい大きなやつだ。結構びっくりした。

しかしエイ本人はそしらぬ顔。

真っ白な腹でガラスの内側を舐《な》めるように、すうううぅーっと上へのぼっていった。

「エイ……」

「エイだね……」

「……」

「……？」

ふいに、隣から視線を感じる。

振り向くと……何だろう？　佐藤さんが俺の顔をじっと見つめている。

「どうしたの佐藤さん？」

「……押尾君、こう、親指と人差し指でＶのかたちを作ってみて」

「V？　こうかな」

「もうちょっと広めに」

「こう？」

「そうそう」

佐藤《さとう》さんに言われるがまま、わけもわからず親指と人差し指でVを作ってみる。

でもこれ、どっちかっていうとVより、少し口の開いたUに近いような……？

と、思ったら――

「エイっ」

「えっ」

佐藤さんが突然、Uの合間に自らの顎《あご》をすぽっとはめ込んできた。

つまりは今、俺の指が佐藤さんのほっぺを下から「むぎゅっ」とやるかたちになってしまっているわけで……

「見て見て押尾《おしお》君、エイの裏側のものまね」

得意げに笑う佐藤さんが「むぎゅっ」となった口で言った。

「かっ」

そして俺はたちまち固まってしまう。

ほ、奔流……！

三万尾のイワシにも匹敵する膨大な可愛《かわい》さの奔流が俺の脳内へ一気になだれ込んできた!

——なに? なになになになになにこれ何が起こってんの!?

ほっぺ柔らか!! 顔ちっさっ!?

てかなにその「エイの裏側のものまね」って!! えっ!? あまりに可愛すぎる!? しかもさっき「エイっ」って言ったよね!?

あまつさえその得意げな表情……!! 無理無理無理無理無理、無理です。

ウッ!? くっ、苦しい!? 死ぬ……!

「あ、あの——……押尾《おしお》君……?」

「なっ、えっ、なにっ!?」

危ない!! 本当に呼吸を忘れてしまっていた!!

見ると、佐藤《さとう》さんは俺の指の間にすっぽりはまったまま顔を赤らめていて……

「そ、その、なんか反応してくれないと、さすがに私も恥ずかしいかも……なんだけど……」

「えっ……あ、ああっ、似てるっ! 本物のエイかと思ったよ!? あはは……」

「……もう時間切れですぅ——」

さすがに限界だったのだろう。

佐藤さんはぷくうと頰《ほお》を膨らませてUを脱出、おまけにそっぽを向いてしまった。

ああ……俺っていうのはなんでこう、大事なところばかり外すんだ……

せめてさっきの激レア顔は写真で残しておくべきだった！　あのアヒル口とも違う「ふにょっ」とした唇のかたちは、きっともう二度と拝めるものじゃ……！

……唇。

唇かぁ……。

……い、いやなんでもない！

次へ行こう！　デートはまだ続くんだ。


『さあ皆さんご覧ください、ルカちゃんのダンスです！』

屋外スタジアムにて。

サンタクロースのコスプレをした飼育員さんが合図をすると、イルカのルカちゃんが水面からのぞかせた尻尾《しっぽ》を手拍子に合わせてリズミカルに振りだす。

これには観客席からも「おおーっ」と歓声があがった。

もちろん、俺と佐藤さんも例外ではない。

「すごーーいっ!?　押尾君！　見て見て見てっ！　踊ってる踊ってるっ！」

「み、見てる、見てるよ」

興奮した佐藤さんがまくし立ててくる。

すごい、佐藤さんそのへんの小学生よりも盛り上がってるよ。

『続いてジャンプです！　はいっ』

飼育員さんの合図でイルカたちが華麗《かれい》にジャンプ。見事に息の合ったスピン・ジャンプに観客たちはほうと息をのむ。

それからもイルカたちはハードル・ジャンプ、フラフープ、飼育員さんとのキャッチボールなど、次々とパフォーマンスを成功させていった。

佐藤《さとう》さんも目をきらきら輝かせて、すっかりイルカショーに夢中だ。

……佐藤さんはきっと、気付いてないんだろうな。

興奮のあまり、さっきからずっと力いっぱい俺の手を握りしめていることに……しかも恋人繋《つな》ぎで。

ああ、サンタさん。

できることならこのイルカショーをあと5時間ほど続けてくれませんか？

なんて俺のささやかな願いはもちろん届かなかったらしく、ショーはいよいよクライマックスに差しかかる。

『それでは最後の演目、聖夜のハイ・ジャンプです！　今からルカちゃんが、あの星にタッチしますよ！　いいですか皆さん!?　手拍子で応援してくださーい！』

「押尾《おしお》君、手拍子だよ手拍子！」

「あ、ああ、うん」

恋人繋ぎ、終了。

細くしっとりした指先の感触に名残惜しさを感じつつも、俺は佐藤さんの真似《まね》をして手拍子を始める。そしてスピーカーから流れるＢＧＭが最高潮まで高まると、

『では、ジャーーンプ!!』

ルカちゃんが勢いよく水中から飛び出して、六メートルをゆうに超える大ジャンプ。

満座の注目を集める中、見事鼻先で「星」にタッチだ。

「すごーーいっ！」

佐藤さんの手拍子が感動の拍手に切り替わる、まさにその時、

仕事を終えたルカちゃんがざぶぅんと着水し、ひときわ大きな水飛沫《みずしぶき》を散らした。

威勢のいい飛沫はプールから飛び出し、まるで狙《ねら》いすましたように佐藤さんの顔面へ――。

「佐藤さんっ」

「わっ」

俺は咄嗟《とっさ》に佐藤さんの身体《からだ》を抱き寄せて盾になる。

間一髪、水飛沫は俺のコートの背中を少し濡《ぬ》らしただけだった。

はあ～危なかった。なんとなくこうなりそうな予感がして身構えていたんだ。おかげで佐藤さんも濡れずに済んで……

「あ、あの、押尾君……」

「うん？」

なんだか消え入りそうな声、不思議に思って目線を下ろしてみると、

「あ」

思わず、間抜けな声が漏れてしまう。

先に弁解すると、俺は咄嗟《とっさ》に佐藤《さとう》さんを抱き寄せたものだから、その後どうなるかということにまでまったく頭が回っていなかったのだ。

簡単に説明すると……俺は今、佐藤さんの肩に手を回して、胸に抱き寄せている。

要するに――密着。

上着越しでもお互いの体温を感じるほどの大密着。

そんな危険な体勢で、なおかつ佐藤さんの顔がすぐそばにある。

佐藤さんの丸い瞳《ひとみ》、上気した顔、そして驚きでわずかに開いた唇。

こんなの、まるでこれから――

「――ママー、あのおにいちゃんたちチューしようとしてる」

「!!」「っ!?」

刹那《せつな》、俺と佐藤さんはお互い反発する磁石のように密着を解いた。

真冬だというのにコートの中が灼熱《しゃくねつ》だ。

こんな衆目の前で俺は……っ!!　恥ずかしいとかそういう次元を超えている……!!

「……お、押尾《おしお》君、その、ありがとうね、水かからないようにしてくれたんだよね……」

「はい……そうです……」

思わず敬語、穴があったら入りたい。気まずい。

『以上でイルカショーは終了となりまーす！　それではこの後イルカさんとのふれあいコーナー！　イルカさんに触ってみたいよ～！　ってみんなはぜひこちらへお並びくださーい！』

「あ……い、イルカさんに触ってみたいよ～！　って!?　私ちょっと興味あるかも!?」

「そ、そっか！　じゃあ一緒に並んで……」

『今ならなんと！　イルカさんとキスすることもできますよ～！』

「やっぱ帰ろうか押尾君!?」

「そうだね!!　寒いしね!!」

早々撤退。

かくして真っ赤なお顔のカップルは、光の速さで屋外スタジアムをあとにしたわけである。


……とまぁ、こんな感じで。

ちょっとしたアクシデントの一つ二つはありつつも、俺の計画した「クリスマス水族館デートプラン」は、おおむね順調に進行していった。

クリスマスツリーをイメージして緑色にライトアップされた水槽を泳ぐ、煌《きら》びやかな熱帯魚

たちに見惚《みと》れたり、
　ぷわぷわ漂うクラゲたちを眺めて時間も忘れたり、
　立ち上がったタカアシガニの大きさに驚いたり……

　魚たちはもちろん、佐藤《さとう》さんの純粋な反応は隣で見ているだけでも楽しく、なんだか俺ばっかり得した気分だった。

　——付き合ってもう、半年以上になる。

　今の佐藤さんは、出会った当初からは考えられないぐらい素直に感情表現をしてくれるようになった。姫茴《ひめうい》さんの一件があってからは特にそうだ。

　自信がついたというか、迷いがなくなったというか、余分な肩の力が抜けたというか……。

　一言でいえば自然体になった。それは俺だって同じだ。

　そりゃあまあ、さっきみたいに不意打ちをくらえばアワアワしたりもするけれど……

　ともかく、俺と佐藤さんがカップルとして落ち着いてきたのは間違いない。

　一つ大きな「付き合って半年」の壁を、無事乗り越えたというわけだ。

　しみじみ実感、しみじみ感動。生きていてよかった……。

　しかし、親友である蓮《れん》の言葉を借りれば、付き合うというのは終わりのないマラソンのようなものであるという。

　映画やドラマのように、キリのいいハッピーエンドなんてものは存在しない。

ただひたすらに続いていくだけ。

一つ壁を越えれば、また次の壁……そうやって続いていくのが「付き合う」ということなのだそうだ。

さて前置きが長くなったけれど、要するに俺もまた次の段階へ進むべき頃だと思う。

越えなければならない次の壁、普通のカップルとして当然のステップ……

……でも、

でもさ……

――キスってどのタイミングでしたらいいの!?

♥

水族館から出ると、外はもう暗くなっていた。

降り積もる雪の中、押尾《おしお》君と「寒いねー」なんて白い息で言い合ったりして、バスに乗り込む。

一日水族館ではしゃぎ回ったせいか、それともバスの暖房が強めだったせいか……私はすぐにこくこくと舟をこぎだしてしまった。

「佐藤《さとう》さん、眠い？」

「うん……ちょっと……ごめんね押尾《おしお》君、デート中なのに……」

「気にしなくていいから、着くまでまだあるしちょっと寝たら？　肩貸すよ」

「ありがとう……」

言い訳します、いつもより素直なのは眠いせいです。

とにかく私は押尾君の言葉に甘えて、彼の肩に寄りかかった。

コートから押尾君の匂《にお》いがして、私はすぐにまどろみへ落ちる。

……押尾君、私が寝やすいようにわざわざ肩の高さを合わせてくれてる……申し訳ない気持ちはあるけど、離れたくはない。

……そういえば私、いつからだろう？

こんなにさらっと「デート」って言えるようになったのは……ふわぁ。

「佐藤さん佐藤さん、そろそろ着くよ」

……はっ。

押尾君から控えめに揺さぶられて、私は慌てて口の端からこぼれかけたそれを「じゅるっ」

と引っ込めた。寝ぼけていたせいで時間差で顔が熱くなる。

ウソ……家で寝る時だってそんなことしないのに、まさか押尾君の隣に安心しきって……？

こ、こぼれてないよね⁉　押尾君のコート、汚してないよね⁉

「押尾君っ！　あのっ……！」

私は慌てて面を上げ、謝罪の言葉を口にしようとして、

「――」

固まってしまった。

だって無理だ。起き抜けに好きな人の顔が目と鼻の先にあるなんて……

押尾君は私の顔を見ると、なんだか少し照れくさそうに笑って、

「起こすのギリギリでごめんね、あんまり気持ちよさそうに寝てるからためらっちゃった」

「……あ、ありがとう……」

自分でもびっくりするぐらいか細い声で言って、私はしゅんしゅんと縮んでしまった。

もう付き合って半年以上になる。そろそろ押尾君の一挙一動にアワアワしていただけの私からも卒業できたかな？　なんて思った矢先のこれだ。

い……今のはちょっと……いやかなりやばかった……！

ああああ……！　どうしよう、今寝起きで顔どうなってるか分かんない……！　というか今になって押尾君の肩枕《かたまくら》で熟睡したことに恥ずかしさがっ……！

「あ、佐藤《さとう》さんもう着いたみたい」

「へっ!? あ、ああうん！　降りなきゃだね!?」

そんなこんなで、私は真っ赤になった顔を不自然に隠しながら、押尾《おしお》君と一緒にバスを降りたわけだけど……

「わぁっ……！」

バスを降りてすぐ、目の前の光景に感動の声を漏らした。

――街が光に包まれている。

今日のデートのしめくくり、ケヤキ並木を彩った数十万個のＬＥＤ電球が織りなす、イルミネーションイベントだ。

「すごい!!」

今日の私「すごい」しか言ってない！

けど、それ以外の言葉で表現できないんだからしょうがない！

もう夜の七時を回っているのに見渡す限りの光、光、光……！

噂《うわさ》には聞いていたけれど、これは想像をはるかに上回っている。

優しく降り注ぐ雪も相まって、まるで夢の中みたいな光景だ！

「すごい！　すごすぎる！」

さっきまで羞恥《しゅうち》で震えていたことも忘れて、テンションは一気に最高潮。

このすごい人だかりがなかったら踊り出していたかもしれない。それぐらいの興奮だった。

「佐藤さん、足元危ないよ」

「あっ、ご、ごめん！　私このイルミネーション、ちゃんと見るの初めてで……！」

振り返って押尾君に答えようとした、その時。

「あっ――」

やってしまった。

振り向きざま、薄く積もった雪に足をとられて、ずるっと体勢を崩してしまう。

転ぶ――

「おっと」

でも、押尾君はまるでそうなることがあらかじめ分かっていたかのように、私のことを後ろから抱きとめた。再びコートから香る押尾君の匂《にお》いに包まれる。

ああっ、私ってなんでこう……！

「ごめっ……押尾君、はしゃぎすぎちゃって……！」

私は謝りながら押尾君の顔を見上げて、

「ち」

と短く鳴いた。

「ち？」

私を抱きとめたまま、押尾《おしお》君が首を傾《かし》げる。

「い、いやっ……なんでもなくって……！」

もちろん、なんでもないわけがない。

ちぃっ………っかい！！！！

近い近い近い近いっ！　すごい！（？）

イルカショーの時は正面からだったけど、今度は後ろから！　覆いかぶさるみたくっ!!

やばい！　やばいよこれ！　密着感というか「包まれてる」感がやばすぎるよ！

というか今日の私、押尾君にくっつきすぎ――！

「……？　佐藤《さとう》さん？　大丈夫？」

「うえっ!?　う、うん！　大丈夫大丈夫っ！　一人で立てるよ！」

変な声出ちゃったし、なんなら全然大丈夫でもないけど、大丈夫！（？）

とにかく私は慌てて押尾君から離れようとする。

すると、押尾君がさりげなく私の手を取って、

「……はぐれるといけないから、ね」

なんて、やっぱり照れくさそうな笑顔で囁《ささや》くように言うものだから、イルミネーションと雪の相乗効果で破壊力倍増し。

「あびっ……」

クリスマス・イブにして、今年一番変な悲鳴をあげてしまった。

……とまぁ、こんな感じで。

ちょっとしたアクシデントがあったりなかったりしたけれど、私たちのクリスマスデートは順調に進んでいった。

押尾君に教わりながらミンスタ用の写真を撮ってみたり、

街中でツリーを何本見つけられるか競ってみたり、

温かいスープを飲みながら、クリスマスマーケットでお洒落《しやれ》な雑貨を物色してみたり……

間違いなく、人生で一番楽しいクリスマス・イブだった。

それもこれも押尾君が隣にいてくれたおかげだ。

彼が私の話を聞いて頷《うなず》いたり、笑ってくれたりする。ただそれだけで楽しくなって、普段引っ込み思案な私はついついおしゃべりになってしまう。

それに、今日のデートプランだって押尾君が立ててくれたもので。

彼は絶対に自分から言わないけれど、きっと今日のために相当念入りに下調べをしてくれたのだろう。

今日のことに限らず、押尾君はいつだってさりげなく私をサポートしてくれる。

付き合って半年、彼のおかげで私は今こんなにも素直な人間になれて、念願だった友達までできた。

本当に、感謝してもしきれない。

だから私は今日、彼にほんの少しでもこの感謝を返そうと思う。

「押尾《おしお》君、はいこれ！」

駅のホームで帰りの電車を待つまでの間。

満を持して、私は今日一日あたためてきたソレを、押尾君に手渡した。

「これ……」

「クリスマスプレゼント！」

押尾君へのプレゼントはマフラーだ。

彼の雰囲気にぴったりの、落ち着いた、暖かい色味のマフラー。

まあこのマフラーにたどり着くまで、麻世《まよ》さんや雫《しずく》さん、それにみおみおやひばっちにも相談して、たっぷり一か月近くもかかってしまったわけだけれど。

「押尾君がマフラーしてるとこ見たことなかったから。ごめんね？　あんまり大したものじゃないかもだけど……」

「ううん！　そんなことないよ！　すごく嬉《うれ》しい！　実は俺も……」

そう言って、押尾君もまた自らのトートバッグからソレを取り出す。

「はい、クリスマスプレゼント」

「わあ……！」

押尾君のプレゼントはいかにも暖かそうなミトンの手袋だった。

もこもこした肌触りがとても心地いい。

「ありがとう！　私この素材すごく好きなの！」

「知ってるよ、佐藤《さとう》さん出先でこういう素材のもの見つけると必ず一回は触るでしょ」

「触っ……てるかも……」

恥ずかし。

なんなら今日も触ってたかも……。

押尾君が私のことをよく見てくれていて嬉しい気持ちと、「私もしかして押尾君に赤ちゃんみたいって思われてない？」という気持ちが混ざり合ってすごく複雑な感じ。

ひとまず気を取り直して……

「押尾君、これ早速つけてみてもいい？」

「うん、もちろん」

「やった」

私は押尾君からもらった手袋を……じっと見る。

最初は不思議そうにしていた押尾君だったけど、すぐに私の意図に気付いたらしく、

「……俺がつけてあげようか？」

「……へへ」

限界、照れ笑いをしてしまった。

押尾《おしお》君もまた照れたように笑いながら、まるで子どもに対してやるように私の手に手袋をはめてくれる。

あ、すごい今バカップルっぽい。

でも恋人だし、クリスマスだし、これぐらい甘えてもいいよね。

……ふと、押尾君の手首に例の腕時計があることに気付いた。

夏休みに贈りあったお揃《そろ》いの腕時計だ。もちろん私の手首にも同じものがある。

これからも私たちは、何かあるたびにプレゼントを贈りあうのだろう。そうしてお互いからもらったものが、どんどん増えていく。

それってなんだか二人の思い出が形になっていくみたいで、いいなあ。

恋人と過ごす初めてのクリスマス・イブ、私もなんだか浮かれているのかもしれない。

「押尾君、あのジンクスって知ってた？」

「あのジンクス？」押尾君が私に手袋をはめながら聞き返す。

「あのイルミネーションを一緒に見たカップルは、近いうちに別れちゃうってやつ」

ぴた……と押尾君の手が止まった。

「き、聞いたことはあるかな」

あ、この反応は知ってそう……。

それもそうか、押尾君、事前に色々とリサーチしてくれただろうし。

「で、でもそれっていわゆる夢の国ジンクスっていうか、都市伝説っていうか、そもそもあそこにいるカップルは確率的に別れる割合の方が多いわけで、こじつけというかなんというか」

「押尾君」

「あとやっぱりこの時期は寒いからね、そこにあれだけの混雑具合が重なるとストレスも溜《た》まってお互いイライラしちゃって喧嘩《けんか》別れに繋《つな》がったりとかそういう……」

「――私は、全然心配してないよ」

私が言うと、押尾君はびっくりしたように私の方を見た。

「全然、っていうと嘘《うそ》になるけど……本当に心配してないんだ」

昔の私だったら、きっとそんなジンクスを真に受けてイルミネーションには絶対に近づかないようにしただろう。

でも、今は違う。

「うまく説明できないけど、私と押尾君なら大丈夫な気がするの、ジンクスなんて関係ないんだって笑い飛ばせる気がする」

「佐藤《さとう》さん……」

……言ってから、なんだか自分がとてつもなく恥ずかしいことを言っているような気がして、

「そ、それに私たちほとんど喧嘩《けんか》もしないしねっ！　だから安心！」

なんて、おどけた風に取り繕った。

押尾《おしお》君にはめてもらった手袋の中が、一気に灼熱《しゃくねつ》だった。

ああああぁ……押尾君の顔がマトモに見れない……！　押尾君も照れてるから恥ずかしさ二倍だああ……！

「つっ、次は私がマフラー巻いてあげるよ押尾君っ！」

「あ……ああうん！　お願いしようかなっ!?」

とにかく何かしていないと、恥ずかしさで爆発してしまいそうだった。

「か、簡単な巻き方でやるねっ」

「うん、いいよ」

私はマフラーの長さを調節して、いわゆる「一周巻き」をやろうとしたわけだけど……

「あ」「あ」

同時に気付いてしまった。

至近距離で正面から向き合い、一方が相手の首の後ろへ手を回す、この体勢。

これ、傍《はた》から見たら、まるで今から……

「――ママー、あのおねえちゃんたちまたチューしようとしてる」

「!!」「ヴっ!?」

水族館でも聞いたあの声が、どこからともなく聞こえたその瞬間。

私は思わずマフラーで力いっぱい押尾君の首を絞めてしまった。

「あ、あああっ!?　ごめんごめんごめんごめん!?　押尾君大丈夫!?」

「だっ……だいじょうヴ……」

ぜ、全然大丈夫じゃなさそう!!

結局、私は電車に乗って桜庭《さくらば》駅で押尾君と別れるまで、ずっと謝り倒しだった。

そして帰りのバスに揺られながら、私は思った。


――キスってどのタイミングでしたらよかったの!?

一枚目　一二月二四日

♥

「——で、結局ちゅーぐらいしたん?」

私が家に帰ってくるなり、テーブルを挟んで向かいに座るお母さんがおもむろにそんなことを言いだしたものだから、私は動揺して、

「どっ」

と鳴き。

それとほぼ同時に、リビングで一人チビチビと炭酸水を飲んでいたお父さんが、勢いよく立ち上がった。

「あれ?　どしたのパパ」

「なにか?　就寝するだけだが?」

「まだ8時半なんですけど」

「……では日課のランニングに」

「朝行ったでしょ」

「…………………なにも聞きたくない…………」

「そうやって親子間のコミュニケーションから逃げてばっかりいると将来なにも相談してもらえない父親になるよ」

「……………」

お母さんの一言で、ス……と静かに座り直すお父さん。

あの……私も普通にそういう話お父さんには聞かれたくないんですけど……。

でもまあ、いいか。

「別にいいよーだ聞かれたって、私やましいことなんて何もしてないもん、押尾《おしお》君とは健全なお付き合いをしてるからね」

「さすが私の娘だ」

何故《なぜ》か得意げな顔で炭酸水を呷《あお》るお父さん。なんか嫌だ。

一方お母さんはしかめっ面《つら》である。よく見ると顔が紅《あか》く、目がとろんとしている。

ああ、これはお酒が入っているな……。

「……私はちゅーしたかどうかって聞いたんだけどぉ？」

「……健全なお付き合いだから」

「ちゅーしてないね？」

「……健全」

「高校生カップルが、付き合って半年経《た》ったクリスマスで、手を繋《つな》ぐ以上のことをしていないのが、果たして健全と言えるのかねぇ」

「ヴっ！」

呻《うめ》く。

お、お母さんめ……！　私がひそかに気にしていたことをっ……！

「清美《きよみ》の言葉に惑わされるなこはる、健全なのはいいことだ」

そしてお父さんもここぞとばかりに味方してくるし……！　なんか嫌だ……！

でももう今までみたいに言われっぱなしの私じゃない！

押尾《おしお》君との交際期間が私に与えてくれたんだ！　お母さんに立ち向かう勇気を！

「ふ、ふんっ、なに言われても気にしないもん、クリスマスだからって関係ないし、よそはよそ、うちはうち、私たちには私たちのペースがあるんだもん、ちゅーしたい時にするんだもん」

「ふーん、でも偉そうに言ってるけどちゅーしたことないんですよね？」

「ありますけどっ!?」

お父さんが「ぶっ」と炭酸水を噴き出した。汚い。

「へー、あるんだ、どうだった？」

「ど、どうって……」

「嘘《うそ》？」

「嘘じゃないもん!!　桜華祭《おうかさい》が終わったあと!!　誰もいない廊下で!!　したもん!!」

まあ、疲れ切って寝ちゃった押尾君のおでこにちょっと「ちゅっ」としただけだけど……キスには違いないはず！　嘘じゃないし！

お母さんはにやにや笑いながら「ほーう」と頷《うなず》いて、お父さんは……十字架を突き付けられた悪魔みたいにガタガタ震えている。

「まだ名字呼びなのはぶっちゃけどうなん？　って思ったけど……」

「ヴっ！」

私がひそかに気にしていることその2を……っ！

「――でもお母さん安心した、よかったよかった、娘が健全に育っているなぁ」

「お母さん私のことなんだと思ってるの……！」

というかこの人、ただただ娘をからかって楽しんでるだけじゃないの!?

抗議の証《あかし》に、せいいっぱいの不満顔を作ってお母さんを睨《にら》みつけていると……

「――これでアタシらも安心してこはるに留守を任せられるわ」

「へっ？　なんの話？」

「あれ？　言ってなかったっけ」

お母さんはおもむろに席を立つと、リビングに向かい、お父さんの隣に座り直して――、

「――アタシとパパ、結婚二十周年記念で、年末年始は夫婦水入らずのハワイ旅行にいってきま～す」

「……えっ？」

本当に初耳なんですけど。

「い、いつから？」

「パパの仕事納めからだから……二九日から年明け三日まで？」

「………六日も!?　そっ、そんな急に言われたって!?」

「なんか困るの？」

「それはもちろん……！」

とまで言いかけて、私はあとに続く抗議の言葉を引っ込めた。

……ちょっと待って？

よく考えたら年末年始にお父さんお母さんがいなくたって、なにも困らない？

いやそれどころか二人のいない六日間、私は冬休みで、つまり初めて家で一人きりになるわけで……それって、なんだか……

――すごくワクワクする!?

「……うん！　せっかくだし夫婦水入らず楽しんできてね！　家のことなら心配しないで！　お土産《みやげ》はマカダミアナッツ入りのチョコレートがいいなぁ！」

手のひら返し、完了。

良い笑顔で言いながら、その時すでに私の頭の中では、完璧《かんぺき》な冬休み計画が構築され始めていたのは、もはや言うまでもなかった。

「じゃ留守番よろしくね～」

「任せて！」

ああ、楽しみ楽しみ！　今年の年末年始はどんな風に過ごそうかなあ……！

——なんてはしゃげていたのは、お父さんとお母さんが家を出た、初日だけだった。
最初の方こそ朝からベッドでごろごろしながらミンスタをいじったり、わさびに勧めてもらった難しい映画を観《み》て首を傾《かし》げたり、お風呂《ふろ》場で熱唱してみたり、
難易度の高い料理に挑戦して失敗してみたり、
ちょっと頑張って夜更かしをして冬休みの課題を終わらせてみたり、
なんて風にして過ごしていたわけだけど。
「た、退屈……」
——ものの見事に一日で飽きてしまった。
ちなみに今は誰もいないリビングで一人みおみおに教えてもらったヨガ風ストレッチをやっ

ていたわけだけど、これももう、たった今終わってしまった。

一二月三〇日、午後。お父さんとお母さんがハワイから帰ってくるまで、あと四日。

「……次、何しよう」

何もしていないと、誰もいない家の静けさがやけに気になる。

これをあと四日も……？

なんだろう、退屈とはまた別の感情が私の中に芽生え始めている。

冬休みの課題は昨日で全部終わらせたはずなのに、言葉にできない焦燥感みたいな、漠然とした「私このままでいいのかな？」感がふつふつと……。

「て、テレビでも見よっと……」

その感情と正面から向き合ってはいけないような気がして、私はすぐにテレビのスイッチをオンにしたわけだけれど、

『――みんなで年越し！　新旧芸人大集合！　笑いの殿堂年末スペシャ』ピッ。

一瞬でスイッチをオフにした。

「ハァ……ハァ……っ!?」

へ……変な動悸《どうき》がする……っ。

そして分かった……！　今分かってしまった！

浮かれた年末特番の雰囲気にあてられて、この感情の正体に気付いてしまった！

——孤独。

皆が年末特有の雰囲気にそわそわする中！　私は家でたった一人、誰とも予定を入れず、引きこもって寂しく新年を迎えようとしているという、この事実!!

認識した瞬間に、背中からぶわっと変な汗が滲《にじ》む。

私は一体今まで何を……!?

「何かしないと……!?」

ここにきて焦り爆発、とにかく人に会わなくちゃ!?

まず真っ先に思いついたのは『cafe tutuji』！

そうだ！　そうだよ！　甘いパンケーキでも食べて、店員姿の押尾《おしお》君を見ながら年を越せばいいじゃん！　私天才！

そう思ったわけだけれど……

「きゅ、休業……」

公式ミンスタをチェックしてみたところ「年末年始のおしらせ」という題で、cafe tutujiが一二月二九日から一月四日までを店休日とする旨が書かれていた。

考えてみれば当たり前だった。

雫《しずく》さんの『MOON』と麻世《まよ》さんの『hidamari』は年末年始でも関係なく開けているみたい

だけど……

「私にひとり服屋さんはまだハードルが高すぎるよっ……！」

ご存じの通り、人見知りである。

でも寂しいものは寂しいっ！　我ながら面倒くさい！

結果、手も足も出なくなって、リビングの絨毯《じゅうたん》で一人ジタジタする羽目になった。

ああ〜っ！　きっと皆は今頃家族とか友人で集まって楽しく年越しの準備を進めているんだろうな〜〜っ！

そして年明けには初詣《はつもうで》に行ったり、お雑煮食べたり、親戚《しんせき》に挨拶《あいさつ》したり！

それに引き換え私は……私はっ……！

深い溜息《ためいき》、こういう時つくづく思う。

「……ホント、一人に弱くなったなぁ」

確か押尾《おしお》君と付き合う前の私はこうじゃなかった。

孤独に強かった……というより、そもそも孤独そのものに気付けていなかった節がある。

「私、押尾君と付き合って初めて人間になったのかな……」

悲しきぼっちの化け物……押尾君、ああ押尾君……。

楽しかったクリスマスデートが遠い昔のことに思えてくる。

……あっ、なんだか無性に押尾君に会いたくなってきた……。

「……MINE《マイン》しちゃおっかな」

私の中でむくむくとそんな衝動が立ち上がってくる。

年末だけどMINEぐらいしてもいいよね……？　恋人なんだし別に普通だよね……？

年末だし、押尾君にも予定はあるだろうけど……もしかしたら、もしかしたら万に一つ、私みたいに暇を持て余している可能性はある。

「予定聞くぐらい、いいよね！」

こうなったらあとは早かった。

私はMINEを立ち上げると、押尾君のトークルームに「押尾君、今なにしてる？」と打ち込んで、送信完了。

ふんふん鼻を鳴らしながら待っていると、すぐに返信がきた。

〝冬休みの課題をやってたよ〟

〝ちょうど今、終わったところ〟

「押尾君も冬休みの課題終わらせたんだ！」

あ、すごい！　ただの文字なのに、押尾君からの返信だと思うと私の中の孤独感がたちどころに消えていく！

恋人って、すごい！

「私も昨日の夜終わらせたよ、っと……！」

〝おつかれさま！〟

〝（前足を振るポメラニアンのスタンプ）〟

「あっ！　押尾《おしお》君私と同じスタンプ買ってる！」

なんかいい……！　なんかいいなぁこういうの！

……今なら聞ける気がする！

「押尾君もおつかれさま！　年末年始は何か予定ある？　……っと！」

〝いや、特には〟

〝父さんがスイーツ同好会の皆と温泉旅行にいっちゃって〟

〝お雑煮ぐらいは作ろうと思うけど〟

「じゃあ押尾君も今家で一人なんだ！」

奇遇！　そんな偶然あるんだね！　あと押尾君ってお雑煮作れるんだ！　かっこいい！

ふんふんふんふん、自然に鼻息も荒くなってしまう。

いい！　今すごくいい流れができている気がする！

私はスマホにかじりついて、ぽちぽちとメッセージを打ち込む。

「私も年末年始はお父さんとお母さんがハワイに行ってて、家で一人なの……っと」

……先に言い訳させてください。

ちょうど寂しさを感じていた時に、押尾君とＭＩＮＥ《マイン》できたのが嬉《うれ》しかったというのは、もちろんある。

もしくは、知らず知らずのうちに年末の浮かれた空気感にあてられていたのかもしれない。

じゃなきゃ、あんな軽率なメッセージは送らなかったわけで……。

……いやまあ、今さら何を言い訳しても遅いんだけどね。

「――押尾君よかったら遊びにこない？　なんてね」

と、私がメッセージを送った直後……

卓球のラリーみたく続いていたメッセージのやり取りが一瞬途絶えて、押尾君からは、

〝え？〟とだけ返ってくる。

「え？」

え？

…………えっ？

「ええ――――っっ!?!?!?」

絶叫。

たっぷり間をあけて、町内中に響き渡るほどの絶叫をあげてしまった。

一転して大パニックだ。

い……今っ!!　今今今っ!?

私!?　勢いに任せて押尾君にとんでもないメッセージ送らなかった!?

これじゃまるで、私が押尾《おしお》君を両親のいない家に呼びつけ……っ！

いや！　何も間違いじゃないけれど！　その通りだけど！　でも！

「ち、違う違う違うっ、間違えたのっ!?　別にそのっ、そういうつもりではっ!!」

スマホに対して抗議するけれど、もちろんスマホは悪くないし、そんなことをしたってなんの意味もない。

まずいまずいまずいっ！

とにかく早くメッセージを返して誤解を解かないと！　いやなんの誤解でもないけど！　でも今のままだと「意味」が出ちゃうからっ！　そうなったら……！

「押尾君に引かれちゃうからぁぁ……っ！」

ちょっと涙目になりながら、メッセージボックスにつらつらと言い訳長文メッセージを打ち込んでいると……

ぽこん、とＭＩＮＥ《マイン》の通知音。

「ヒッ！」

私が返信するよりも早く、押尾君からの次のメッセージがきてしまった。

全身からさ――っと血の気が引いて、この世の終わりみたいな気持ちになる。

お、終わった……絶対に引かれた……。

さようなら私の甘々恋人ライフ……。

私は恐る恐る、薄目で押尾君からのメッセージを確認して……

〝今から準備するから時間かかっちゃうかもだけど、いい？〟

「……あれ？」

引かれて……ない？

というかどちらかというと……来てくれそうな雰囲気？

「……夢……？」

何度もメッセージを見返したり、頰《ほお》をつねったりする。どうやら現実らしい。

助かった……？

そうなると、さっきまでの絶望は一転。

「へ、へぇ～……押尾君、来ちゃうんだ……」

自分から誘ったということは棚にあげて、なんだか挑発的な台詞《せりふ》が出てきてしまった。

へ～……ふ～ん……来ちゃうんだ……？　ふ～ん……。

ま、まあ？　よく考えたら私だって押尾君の家に行ったことあるし？

というかcafe tutujiってほとんど押尾君の家みたいなものだしね？　そう考えると、うん、
私は数えきれないぐらい押尾君の家に遊びにいっているわけで……。

——逆に押尾君が私の家へ遊びにくるのだって、おかしなことじゃないよね？

だって別に変な意味じゃないし！　うん！

私は言い訳の長文メッセージを全部削除して、代わりに〝いいよ〟と送る。少し間があって、〝わかった、じゃあまた後で〟

「また後で……」

……後で、来ちゃうんだ……押尾《おしお》君、私の家に……誰もいないのに。

別に変なことじゃない、変なことではないはず、だけれど、

考えてみたら私、自分の家に誰かを呼ぶのって初めて……って！

「……掃除しなきゃ⁉」

ぼーっとしてる場合じゃない！

あっ、あとお風呂《ふろ》も入らなきゃ⁉

別に深い意味はないけれど！　深い意味はないけどね！

……と、いうわけで。

私は数時間かけて家じゅうの年末大掃除を完了させた。

掃除機をかけて、拭《ふ》き掃除も忘れず、水回りも綺麗《きれい》にして、消臭剤もたっぷり噴射。

もちろんお風呂もきちんと入りました。

別に深い意味はなくって、単なるホスピタリティ精神です、ええ……。

ともかく気が付くと日は暮れかけていて、あとは押尾君を待つだけ。

なんだけど……

「どど、どうしよう、やっぱり緊張してきた……」

両親不在の家に押尾君を招いたことに深い意味はない……！

もちろん深い意味はない……でも！

それはそれとして！　誰かを家に招くなんて初めての経験だから！　どういうテンションでいるのが正解なのか分からない！

「押尾君、オセロとかやるかなぁ……？」

緊張のあまり変な思考になっているのは、この際目を瞑《つむ》ってほしい。

「こんなことならわさびからオススメの映画もっと借りておけばよかった……映画を観《み》るならお茶菓子も必要だよね……あっそうだお茶！　こんな寒い中わざわざきてくれるんだから温かいお茶ぐらい出さなきゃ……お客さんに出せるような良いお茶ウチにあったかな!?　いや、この際お父さんのとっておきを少し借りるしか……」

そんな風に家の中をウロウロしながら不毛な連想ゲームに精を出していると……

ピンポーン、と玄関のチャイムが鳴って、心臓が跳ねあがった。

「きっ、きちゃった!?」

私はほとんど前につんのめるようなかたちで、急いで玄関へ向かう。

落ち着け私！　別に普段通りだから！　今日はちょっといつもと会う場所が違うだけ！　む

しろ私のホームグラウンドに引き込めたと考えるべき！

だから一回深呼吸をして……

「ふぅ――……よし！」

鍵《かぎ》をあけて！　そして笑顔で迎え入れる！

「――い、いらっしゃい！　押尾《おしお》く――ん？」

私は自分ができる最高の笑顔でドアを開けたけれど……

何故《なぜ》か、そこには誰の姿もなかった。

ドアの向こうでは、静まり返った町にしんしんと雪が降り積もるばかりだ。

「……？」

いや、違う。

私がゆっくり視線を下げていくと……いた。

制服の上にダウンコート、首にはぐるぐるとマフラーを巻いて、頭の上にはちょんと乗っかったベレー帽。その全てが薄く雪をかぶっている。

全体的に妖精《ようせい》みたいなシルエットのその人物は……もちろん押尾君ではない。

というか、彼女は――

「――こんべるじゅ～、こはるお姉ちゃん、お久しぶりです」

「ゆき、ね……ちゃん？」

♠

〝私も年末年始はお父さんとお母さんがハワイに行ってて、家で一人なの〟

〝押尾君《おしお》よかったら遊びにこない？〟


「え？」

めでたく年内に冬休みの課題から解放され、さあやっと気持ちよく新年を迎えられるぞ！と喜んだ矢先。

佐藤《さとう》さんから送られてきたメッセージを見て、思わずそんな声を漏らしてしまった。

なんなら実際に「え？」とメッセージを送ってしまった。

え……いや、え？

「マジですか……？」

それまでの俺は……たぶん、佐藤さんからメッセージがきたのが嬉《うれ》しくて、ちょっと頰《ほお》が緩んでいたと思う。

でも、そのメッセージを見た瞬間、つい表情が引き締まってしまった。

それどころか自然とベッドから起き上がって、姿勢を正して座り直したほど。

それぐらい衝撃的な内容だった。

「家に誰もいないんだけど遊びにこない……って」

これって……あれだよな？　噂《うわさ》に聞く、あれだよな？

そりゃ確かに、俺も年末年始一人で過ごすのは寂しいなあと思っていたし、なんなら課題が終わったら佐藤さんを初詣《はつもうで》に誘うつもりでもあった。

でも、その、これはちょっとあまりに展開が早すぎるというか……！

……まだキスもしてないのに……？

「っ‼」

ぼこっ、と自分の頬を殴った。

コラ‼　やめろ俺の桃色脳味噌《のうみそ》！　すぐにそっち方面の話に結び付けるな！

「佐藤さんに限ってそんなことはない……！　きっと深い意味なんてなくて、ただ純粋に遊びに誘ってくれただけ……一人で過ごす年末が退屈だっただけだ！」

そうだ！　そうに決まってる！　危うく勘違いするところだった！

……と、自分を納得させかけたところで、俺の脳内にイマジナリー三園蓮《みそのれん》が現れて言う。

『自分の臆病《おくびょう》を彼女のせいにするの、ダサいぜ』

「ぐあああああっ……頭の中でまで説教するな……！」

ぼこっ、ぼこっ。

……い、いったん冷静になろう……！

「ないとは思う……ないとは思うけど、仮に！　仮に何か意味があったとしたら……！」

あの引っ込み思案な佐藤《さとう》さん自らソレを提案してしまうぐらい、不安にさせてしまっていたのだとしたら……

それは紛れもない、俺の落ち度だ。

そしてそこまで言わせてなお、その気持ちに応《こた》えないとなれば……俺はもう、彼氏である資格がない。

「覚悟を決めろ押尾颯太《おしおそうた》……！」

俺は自らを鼓舞して、佐藤さんへメッセージを返信する。

〝今から準備するから時間かかっちゃうかもだけど、いい？〟

「……よし」

佐藤さんの家の場所は知っている。

改めてちゃんと、佐藤さんと二人きりで話し合おう。

そうでなければ、気持ちよく新年を迎えることなんてできやしないのだから――！

「……一応、お風呂《ふろ》は入ってからいくか」

別に深い意味はないけれど、深い意味はないけどね！

と、いうわけで……

たっぷり時間をかけて準備して、佐藤さんの家にたどり着いた頃、すでにあたりは暗くなっていた。

「……今更だけど、こんな時間に女の子一人の家訪ねるのってヤバくないか……？」

いくら日が落ちるのが早いとはいえ……。

いや、いや！　ここまできて日和《ひよ》るな！　覚悟決めたんだろ⁉

俺は「ふぅぅ――――」と白い息を吐き出し、大きく一歩を踏み出して、玄関ドアの前に立つ。

そして高鳴る鼓動を抑えながら、インターホンに指を置いたところで……

「ん？」

違和感。

ドアのすぐ向こうに、人の気配がある。

「……もしかして佐藤さん、俺が来たの分かって玄関で出迎えようとしてくれてる？」

寒いんだからそんなに気を使わなくてもいいのに……嬉《うれ》しいけど。

まっ、それならインターフォンはいらないか。

俺はドアノブに手をかけて、引く。鍵《かぎ》はかかっていなかった。

さあここが正念場。俺は意を決して……

「ごめん佐藤《さとう》さん、遅くなっちゃって——」

「え？」「え」

俺はドアを開けた体勢のまま、固まってしまった。

何故《なぜ》なら家の中から返ってきた声は二つ……というか、玄関に二人いる。

一人はもちろん俺の知っている佐藤さん。

しかし佐藤さんの正面に立ったもう一人の少女は……まったくの初対面だ。

「……？」

もこもこした厚着のせいで分かりづらいけれど中学……いや、小学生？

ひどく小柄で色白、雪の妖精《ようせい》なんて表現がしっくりくる。

ドラマの子役みたいな美少女だ。歳《とし》不相応な無表情が、かえってその端正な顔立ちを際立たせている。率直に言って、かわいらしい子だった。

でも……誰？　本当に誰？

どことなく雰囲気が佐藤さんに似ているような気もするけれど……

佐藤さんに年の離れた妹がいるなんて話、俺は聞いたことがないぞ？

「あの、佐藤さん？　彼女は……？」

お手上げだ。俺は佐藤さんに助けを求める。

しかし何故か俺が「佐藤さん」と呼ぶと、彼女はさ——っと顔を青ざめさせた。

どういうことだろうと首を傾《かし》げていると……

「あなたが、押尾颯太《おしおそうた》さんですか」

と、謎《なぞ》の美少女に名前を呼ばれた。

名前を知られていたことよりも、幼い声に似合わず丁寧な言い方に一瞬戸惑ってしまった。

「え？　あ、うん、そうです、けど……」

「こんべるじゅ～、はじめまして、佐藤雪音《ゆきね》です」

「こ、こん……？」

どこの国の挨拶《あいさつ》？

というか名字が佐藤……やっぱり佐藤さんの親族なのか？

「さあ、こんな場所ではなんですから、どうぞおあがりください」

「あ、はい、お邪魔します……？」

そしてこの家の人なの？

靴を脱ぎながら、助けを求めるようにもう一度佐藤さんの方へ視線を送るけれど、やっぱり佐藤さんは青い顔でアワアワしているだけだ。

……どういう状況？

俺は佐藤さんから家に招かれたはずなんだけど……？

いまいち釈然としないものを感じながらも、ひとまず靴を脱いで玄関に上がる。その間、雪音ちゃんがじぃ――っとこちらを見上げていることに気付いた。

これがまた能面のような無表情であるため、感情がまったく読めない。

「ど、どうしたのかな？」

「名前呼びじゃないんですね」

「え？」

彼女はまっすぐ俺の目を見つめたまま、同じトーンで繰り返した。

「――こはるお姉ちゃんにガチ恋なのに、名前呼びじゃないんですね」

「…………………ん？」

どうしよう。

聞き返したのに雪音《ゆきね》ちゃんが何を言っているのか理解が追いつかない。

でも一方で佐藤《さとう》さんは「ヒュッ」と悲鳴なんだか呼吸なんだかよく分からない声を漏らしていて
……そこからが早かった。

「ゆ、雪音ちゃんっ⁉　おそと寒かったよね⁉　ほらリビングが暖房効いてるから！　そっちで休んでていいからね⁉」

「お構いなく」

「お構いあるよっっ!!　ね!?　冷蔵庫に入ってるジュース好きなの飲んでいいから！　ね!?」

「でも私、押尾《おしお》さんとお話ししたいです」

「いやっ、でもっ……ほらその！　あれ！　おねえちゃん今から颯太《そうた》君とちゅーするから!!」

えっ。

「はあ、そういえばいつも挨拶《あいさつ》のようにちゅーしていると言っていましたもんね」

「そ、そうなの！」

……そうなの……!?

「仕方ないから！　ね!?　ゆっくりしてていいからね!?」

「ではお言葉に甘えまして」

完全に思考停止している俺を置いてけぼりに、雪音ちゃんがリビングへ消えてゆく。

ぱたん、とリビングのドアが閉まったのち、しんと静まり返った玄関には俺と佐藤さんだけが残されて……

佐藤さんがものすごい速さで俺に詰め寄ってきた。

えっ……えっ!?

「…………ちゅーするの!?」

「しないよっ!?」

しないらしい。

いよいよ俺の頭は疑問符でパンクしそうだ。

「あの……ごめん佐藤《さとう》さん、俺にはなにがなんだか……」

「ごめんっ！　押尾《おしお》君ほんと――――にごめんっ!!　説明!!　説明させて――！」

さて、そんな調子で……

佐藤さんは今にも泣きだしそうになりながら、事態の一部始終を説明しはじめた。

♥

佐藤雪音《ゆきね》、小学五年生。

私との続柄は……いわゆる従姉妹《いとこ》にあたる、あの凛香《りんか》ちゃんと同様に。

ただし凛香ちゃんは私の母親の妹の娘。

一方で雪音ちゃんは私の父――佐藤和玄《かずはる》の妹・佐藤冬乃《ふゆの》の一人娘である。

雪音ちゃんは東京暮らしだから、私と顔を合わせるのは盆と正月、お父さんの実家へ挨拶《あいさつ》に行く時ぐらいだったけれど……。

たぶん歳《とし》の近い親戚《しんせき》が私しかいなかったからだと思う。

ありがたいことに雪音ちゃんは私のことを姉のように慕ってくれたのだけれど……

……そのー、なんといいますか……少し慕ってくれすぎというか。

雪音ちゃんの中での私が、若干憧《あこが》れの存在になってしまっているといいますか……。

「こはるお姉ちゃんって、すごく美人さんですよね」

「え、ええ？　そうかなぁ、そんなことないよ……えへへ」

「それだけ美人だときっと高校でもお友達は多いんでしょうね」

「……確かに普通の人よりは少し多いかもしれないけど（嘘《うそ》）」

「そういえばこはるお姉ちゃんはSNSをなにか嗜《たしな》んでいらっしゃいますか？　トゥイッターとか、TikTak《ティックタック》とか」

「み、ミンスタを少々……」

「はあ、フォロワー数はいかほど」

「5……」

「5……？」

「いやあの、50……（嘘）」

「50？」

「5000！（嘘）」

「はああ、すごいですね、尊敬です。やっぱりこはるお姉ちゃんは私の憧れの女性です」

「アハ、アハハ……」

「私もちょうどSNSを勉強しようと思っていた次第で、よろしければ後学のためフォローさせていただいても？」

「う、え、えええーと……ごめん今ミンスタ壊れてて……（嘘《うそ》）」

「はあ、ミンスタって壊れるものなんですね、勉強になりました。ではまたの機会に」

「……はい」

……とまぁ、こんな具合で。

雪音《ゆきね》ちゃんがあんまりにも嬉《うれ》しそうに私のことを持ち上げてくれるから、私もその……つい気分がよくなっちゃって……

ダメだとは思いつつも、会うたびに見栄っ張りな嘘ばかりを重ねてしまい。

あれよあれよという間に嘘が膨らんで……

そして今年の盆休み。

「――ところでこはるお姉ちゃんに恋人はいらっしゃるのでしょうか？」

雪音ちゃんからその話題を振られた時、正直私は「待ってました！」と。

初めて嘘吐《つ》かないで雪音ちゃんに自慢できる！　と。

若干前のめりになってしまった感は否めなく……

「そりゃあ、いますとも（本当）」

「おおおぉ――やはりですか、どのような御仁で」

「こちらにツーショットがございます（本当）」

「…………………ほう、いわゆる爽《さわ》やか系イケメンというやつですね」

「えへへ、押尾颯太《おしおそうた》君っていうの、クラスメイトでカフェの店員さんなんだよ（本当）」

「それはなんともシティですね、どちらから告白を？」

「押尾く……カレです（本当）」

「はああ、やはりこはるお姉ちゃんのような美少女はイケメンも放っておかないのですねえ」

「へへ、それほどでもありませんけども……」

「どこまでいったんですか？」

「へっ？」

「付き合ってそれなりに経《た》つんですよね？　経験豊富なこはるお姉ちゃんのことですから、いったいその間にどれだけ関係を進めているのかと、私興味が尽きません」

「関係っ……!?　い、いやっ、そんなっ、あはは！　こんな話小学生にはまだ早いよ！」

「小学生には教えられないぐらいの領域まで関係を進めていらっしゃると？」

「…………ぇぅ」

「どうなんでしょうか」

「…………あっ……はい……そんな感じ、です……（嘘）」

「押尾颯太さんでしたね、近いうちにぜひともお会いしたいです」

「あー……うん……近いうちに……ね……じゃあ私はちょっとこのへんで」

「待ってください、私、まだまだその方について聞きたいことがやまほどあります。人生の先輩として是非ともご教授願えれば」

「はい…………………」

(ここからほぼ全部嘘《うそ》)

♠

「と、まぁ、こういう次第でして……」

今にも消え入りそうな声で、佐藤《さとう》さんが話をしめくくる。

ちなみに佐藤さんは話していくうちに羞恥《しゅうち》やら罪悪感やらでどんどん萎《しぼ》んでいって、今は玄関マットの上に小さく正座をし、俺の沙汰《さた》を待っているかたちだ。

……誤解のないように言っておくけれど、俺は佐藤さんに対して微塵《みじん》も怒っていない。

ただまあ、少しも呆《あき》れていないかと言うと、ウソになるかもだけど……。

「佐藤さん、小学生に見栄張ったの……?」

「返す言葉もございません……」

一体どんな見栄を張ったのかは……さっきの雪音《ゆきね》ちゃんの前での反応を見れば、あえて聞かずとも想像に難くない。

　一つ気になるのは、佐藤さんの語る雪音ちゃんと、実際の雪音ちゃんのイメージがまったく一致しないことだ。

　……あの子、佐藤さんを慕ったり、嬉《うれ》しそうに持ち上げたりするタイプかな……？

　俺がさっき見た限り、嬉しそうどころか感情が一切読めなかったけど。

　まあでも従姉妹《いとこ》だからこそ通じ合う部分もあるのかもしれない。佐藤さんがそう言うのだからきっとそうなのだろう。

　それにしたって……頭を抱える。

　確かに佐藤さんは少し見栄っ張りというか、乗せられやすい節があるけど……まさか小学生に乗せられるとは……。

「どんな罰でも受け入れます。なんでも言うこと聞きます、ですのでどうか、どうか私を雪音ちゃんの理想のお姉ちゃんでいさせてください……」

「ちょっ!?　佐藤さん土下座やめて土下座やめて!!」

　悲壮感がすごすぎて見てらんないから！　俺にとっても理想のカノジョでいてくれよ！

　あとずっと敬語なのも本当に悲しくなってくるからやめて！

「俺はそんなに気にしてないから!!　ね!?」

「ちょっとは気にしてるんだ……」

「……まあ」

「うぅっ……」

な、泣いてる……哀れの一言だ……。

ひとまずその場に跪《ひざまず》いて、すすり泣く彼女の背中をさする。

ふと、ある違和感に気が付いた。

「……ちょっと待って」

「ずびっ……なに、押尾《おしお》君……？」

「佐藤《さとう》さんと雪音《ゆきね》ちゃんの関係性は分かったけど……でも肝心の雪音ちゃんがなんでいきなり佐藤さんの家を訪ねてきたのか、その理由が分からなくない？」

「あっ、そ、そうなの……！　雪音ちゃん本当にさっきウチに来たばっかりだから、実はまだなにも聞けてなくて……」

「……家族は？」

「来てないみたい……」

「じゃあ……一人で？　こんな年の瀬に？　事前の連絡もなく？」

こくこく頷《うなず》く佐藤さん、俺は眉《まゆ》をひそめる。

いくら歳《とし》の割りにしっかりしているとはいえ小学生がたった一人、わざわざ東京から桜庭《さくらば》までやってくるなんて絶対におかしい。新幹線だけでも3時間近くかかるぞ。

家出……、そんな穏やかでない単語が頭の中にちらつく。

「向こうの親御さんに連絡は？」

「まだ……」

「じゃあとりあえず雪音ちゃんに軽く事情を聴いて、それから親御さんに連絡しよう、きっと心配してるだろうし……」

「そ、そうだね！　ありがとう押尾君、本当に頼りになるよ……！」

佐藤さんが涙で潤《うる》んだ目でキラキラと尊敬のまなざしを向けてくる。

ま、まあ予定とは違ったけど、カノジョに頼りにされるというのは悪い気がしない……

と、思ったその直後。

「——すみません、お手洗いをお借りしたいのですが」

リビングのドアが開き、雪音ちゃんが顔を出して……

——刹那《せつな》、雪音ちゃんに背を向けた佐藤さんが、光の速さで俺の胸倉を摑《つか》んだ。

「うっ!?」

そして、お互いの鼻先が触れ合うほどの距離にまで、俺の顔を引き寄せてきたではないか!?

ちっ……近い近い近い近い近い近い近いっ!?

「おお、すみませんお取り込み中に、ごゆっくり」

雪音ちゃんはどこか気の抜けた声で言うと、再びドアをぱたんと閉めて、リビングに戻っていく。

途端、佐藤《さとう》さんは顔面を……どころか全身を真っ赤にして、へにゃへにゃと崩れ落ちてしまった。俺も俺で、今にも張り裂けそうなぐらい心臓がばくばくいっている。

「ごめん……本当にごめん押尾《おしお》君……！」

「まさか雪音《ゆきね》ちゃんがいる間、ずっとこれやるの……？」

「うううううううっ……とりあえずしばらくは名前呼びでお願いしますっ……！」

佐藤さんが両手で真っ赤な顔を隠して、ごろごろとのたうち回りながら言った。

……ま、マジでちゅーするかと思った……。


「――ええ、家出してきました」

佐藤家・ダイニングにて。

テーブルについた雪音ちゃんは、小さな手でグラスのリンゴ酢を豪快に飲み干したのち、さらりと答えた。

好きなジュースそれなの？　という疑問はさておき……。

「……い、家出」

「えと……」

思いのほかストレートな物言いで、俺と佐藤さんは言葉に迷う。穏やかではない。

「家出、かぁ……」

「……親御さんは知ってるの？」

「知っていたら、家出はできませんね」

「それはまた……ごもっともです」

何故《なぜ》だかこっちが恐縮してしまう。

「雪音ちゃんはわざわざ東京からここまで？」

「はい、お年玉を使って、バスと新幹線を乗り継いで」

「小学生が一人で……しかも制服姿で新幹線に乗って、よく乗務員さんから何も言われなかったね……？」

「落ち着いていれば、案外気にされないものですよ」

「へ、へえ、そうなんだ……」

落ち着いていればと言うけれど、それにしても君は落ち着きすぎだと思う……。

この子、本当に小学五年生なんだよね？

「ゆ、雪音ちゃんはオトナだね……」

ひとまず思ったまま言うと……

それまで何事にも動じなかった雪音ちゃんが、初めて反応を示した。

「私、オトナですか」

「へ？　う、うん、少なくとも俺より全然オトナだと思うけど」

「そうですか」

無表情は相変わらずだったけれど……見ると、椅子《いす》からぶらさがった雪音《ゆきね》ちゃんの足が前後に揺れていた。

オトナって言われて喜んでいる……のかな？　意外に年相応なところもある。

「私、押尾《おしお》さんのこと好きです」

「はは、ありがとう」

「だっ、ダメだよ雪音ちゃん!?」

「……こはるさん？」

「おしっ……颯太《そうた》君は私のだからね!?」

「こはるさん？　気持ちは嬉《うれ》しいけど恥ずかしいから小学生に対抗心燃やすのやめてね？」

高校生が二人揃《そろ》って小学生に振り回されている、なんとも情けない。

「ところですみません、長旅で小腹が空《す》いてしまったので、このあたりで軽く食事をとってもよろしいでしょうか」

そして雪音ちゃんもたいがい自由だな。

「ああそっか、もう夕飯の時間だもんね、何か買ってこようか？」

「いえ押尾さんお構いなく、私には向こうで買ってきたケバブがあります」

「ケバブ？」

ケバブってあの、串《くし》で焼いた巨大なお肉を刃物で削《そ》いで、野菜と一緒にパンに挟んで食べる、サンドイッチみたいな食べ物のこと？

「お弁当代わりに買ってきました。では失礼して、いただきます」

そう言って雪音ちゃんは紙の包みを取り出すと、軽く手を合わせたのち、その小さな口でもっしゃもっしゃとケバブサンドを食べ始めた。

ぎょ、行儀もいいなぁ……。

無表情なせいで美味《おい》しいと思っているのか、そうでないのかも分からない。しいて言うなら兎《うさぎ》みたいだ。

「ケバブかぁ、桜庭《さくらば》ではあんまり見かけないよね」

「……私、食べたことないかも」

「佐《さ》……こはるさん食べたことないの？」

「うん」

まあ、確かに俺もお祭りの屋台ぐらいでしか見たことないから、佐藤《さとう》さんが食べたことなくても無理ないかも……なんて思っていたら、

「よろしければお二人のぶんもありますよ」

雪音ちゃんが俺と佐藤さんそれぞれに別のケバブサンドを差し出してきたではないか。

「えっ、そんな雪音《ゆきね》ちゃんの買ってきたものなのに悪いよ」

「お土産《みやげ》代わりと思ってください、どのみち一人では食べきれませんし、今日食べなければ悪くなってしまいます」

し、しっかりしてるなぁ……。

「じゃ、じゃああありがたくいただこうか、佐《さ》……こはるさん」

「う、うん！　そうだね！　ありがとう雪音ちゃん！」

「いえいえ、冷めていますが、美味《おい》しいですよ」

雪音ちゃんの好意に甘えて、包み紙を剝《は》がし始める俺と佐藤《さとう》さん。

年の瀬に、カノジョの家で小学生からもらったケバブを食べようとしている……。

ここへくるまでは考えもつかなかった展開だ。人生何があるか分かんないな、なんて分かった風なことを思いながら、ケバブサンドを一口かじる。

「……うん、冷めてるけど確かに美味しい！」

そうそう、確かこんな味だった。

キャベツのザクザク感と、ピタパンのもっちりした歯ごたえ。

なんといってもさっぱりとローストされたチキンに、このスパイシーなソースが……。

……………ソースが……？

……………。

…………。

……!?

——瞬間、俺の口の中で火花が弾《はじ》けて、視界が明滅した。

こっ、これはっ……!?

「わあ、ケバブ初体験、楽しみだなぁ、いただきまぁす」

「まっ、待ってこはるさんっ!!　それっ……！」

「？」

時すでに遅し。

佐藤さんはすでにその小さな口で、ケバブサンドにかじりついた後で。

「あっ、見た目よりヘルシーなんだね、美味し……」

とまで言いかけてから、異変が起こった。

「……」

突然黙り込んだ佐藤さんの顔面が、か————っと赤く染まっていく。

唇がぷるぷる震えだし、目にはじわぁっと涙が滲《にじ》んでいって……あ、もうダメだ。

「……け、ケバブっておいじいね、颯太《そうた》君……」

す、すごい……！

佐藤さん、本当なら今にも叫び出したいところだろうに、雪音ちゃんの前だから紙一重で持ちこたえた……！

そう、ケバブ初挑戦の佐藤《さとう》さんのためにも弁解しておくが、このケバブサンド——辛すぎる。それはもう尋常じゃないぐらい辛い。人生で食べたものの中で間違いなく一位に躍り出る辛さ……というかもう、痛い！

だ、ダメだ！　胃に落ちても辛いっ……!!　変な汗も出てきた！

佐藤さんなんてさっきからずっと小刻みに震えてるし！

雪音《ゆきね》ちゃんが表情ひとつ変えずに黙々とこれを食べているのが信じられないんだけど!?

と、思ったら、

「——ちなみにそれは冗談で、こちらが本当のお土産《みやげ》の東京銘菓ふらみんごです。皆さんで召し上がってください」

雪音ちゃんがケバブを片手に、涼しい顔ですっと菓子折りを差し出してくる。

「この激辛ケバブは常連でもギブアップする辛さなので無理して食べなくても大丈夫ですよ」

「ゆ……雪音ちゃんはしっかりしてるなぁ……」

「………」

佐藤さんがとうとう唇をぴるぴるやるだけで、一言も発さなくなってしまった。

小学生に、振り回されている。

♥

なんとか雪音ちゃんへの面子《メンツ》を保ちつつ、私と押尾《おしお》君が常軌を逸した激辛ケバブサンドとの死闘を終えた頃……。

外はすでにとっぷり暗くなっていて、降り積もる雪は町を静けさで覆っていた。

桜庭《さくらば》は雪深い土地だ、今夜もきっと積もるだろう。

……そろそろ、切り出さないといけない。

「その、雪音ちゃん」

「なんでしょう、こはるお姉ちゃん」

雪音ちゃんは相変わらず表情の読めない子だ。

「その、急に雪音ちゃんが家からいなくなって、冬乃《ふゆの》さんも心配してると思うし……」

だけれど、私が何を言い出すか察していることだけは、分かった。

「……そろそろ連絡しようと思うんだけど、いいかな？」

「……はい」

雪音ちゃんは思いのほか素直に頷《うなず》く。

……いや、予想通り、というべきかも。

雪音《ゆきね》ちゃんは、押尾《おしお》君も言ったように小学生にしてはびっくりするぐらい大人びている。だからきっと、こうなることは最初から分かっていたんだろう。

その聞き分けの良さが、今はかえって心苦しい。

でも……私も雪音ちゃんのお姉さんとして、義務を果たさないといけないわけで。

「ありがとう雪音ちゃん、それじゃあ電話するね」

雪音ちゃんがこくりと頷《うなず》いたのを見て、私はスマホから冬乃《ふゆの》さんの連絡先を探しだす。

思えば冬乃さんと一対一で話すのは今回が初めてだ。

――佐藤《さとう》冬乃。

都内の某大手出版社で働く敏腕編集者さんで、女手一つで雪音ちゃんを育てた、いわゆるバリキャリだ。

完璧《かんぺき》主義で、隙《すき》がなくて、いつ会ってもお洒落《しゃれ》で、カッコいい、デキる大人の女性。

……しかし同時に厳格な人でもある。ウチのお父さんの妹なだけあって。

正直、怖い。そんな内心の緊張が通じたのかもしれない。

「……佐藤さん、大丈夫?」

押尾君が私に聞こえるだけの声量で、耳打ちをしてくれた。

すると……不思議だ。さっきまであんなに怖かったのに、勇気が湧《わ》いてくる。

やっぱり恋人って、すごい。

「……大丈夫、なんていったって私はこはるお姉ちゃんだから」

少しおどけた風に言い、私は意を決して冬乃さんに電話をかける。

できれば雪音ちゃんのこと、そんなに怒らないでほしいな……。

そんな淡い期待を抱きながらのコール音が、三度目で途切れる。

――出た。思ったより早い。

「あっもしもし、冬乃さ――」

『――こはるちゃん!? 雪音から何か連絡ない!?』

私の言葉を遮って、電話口で冬乃さんがまくし立てた。

いつもクールビューティーな冬乃さんが、ここまで取り乱したところを私は初めて体験する。

そのあまりの剣幕にさっそく萎縮《いしゅく》しかけたけど、なんとか持ちこたえる。

「あのっ、冬乃さん、実は……」

『仕事から帰ってきたら姿が見えなくて！　何度電話をかけても繋《つな》がらないの！　ちょうど和《かず》玄《はる》にも連絡しようとしてたところなんだけど……こはるちゃん何か知らない!?　というか今そっちに和玄いる!?　清美《きよみ》さんは!?』

「いえ、その、お父さんとお母さんは今……」

『こんなことしてる暇あったら警察に連絡するべき……!?　それとも学校!?』

ダメだ……！

冬乃《ふゆの》さん、完全にパニック状態でこっちの声が届いてない！

しかも電話口でまくしたてる冬乃さんの声は、どうやら押尾《おしお》君と雪音《ゆきね》ちゃんにまで聞こえているらしく、二人とも心配そうにこちらを見ている。

『ああ、どこ行っちゃったのよ雪音……！』

冬乃さんの悲痛な声に、なんだかこっちまで泣きそうになってくる。

……でも、意地でも泣くわけにはいかない。

だってここで私が情けない姿を晒《さら》したら——雪音ちゃんが不安になる！

「——落ち着いてくださいっ‼」

『っ⁉』

自分でもびっくりするぐらい、大きな声が出た。

押尾君と雪音ちゃんがぎょっと目を剝《む》き、電話の向こうの冬乃さんも口をつぐむ。

『こはるちゃん……？』

「ご、ごめんなさい大きな声出して！　とりあえず私の話を聞いてください！」

もう昔のおどおどしているだけの私じゃない。

私は冬乃さんをこれ以上動揺させないためにも、静かに、しかしはっきりと伝える。

「まず、雪音ちゃんは今ウチにいます、というか目の前に」

『う、ウチって……桜庭《さくらば》に⁉』

「はい、ついさっきまで夕飯を食べていました、特に問題はありません」

『なんでそんな……』

冬乃さんの緊張しきった声音から、大きな溜息《ためいき》とともに力が抜けていくのを感じる。そこには確かな安堵《あんど》の色があった。

……やっと彼女と会話ができる。

「落ち着きましたか？」

『……ふぅ――、取り乱してごめんなさい……悪いけど和玄《かずはる》か清美《きよみ》さんに代われる？』

「二人は結婚二十周年記念でハワイに。戻るのは四日後です、今家には私しかいません」

『なるほどね……』

正確には押尾君もいるけれど、そこまで伝える必要はないだろう。

冬乃さんが今一度ふぅ――と細く息を吐いた。

『……今から雪音を迎えに行きます。こはるちゃん、悪いけどそれまで雪音を見ていてもらっていい？　あとでお礼はするから』

「い、今からですか？　新幹線だけでも3時間近くかかります。こっちに着く頃には夜中ですし、そもそも帰ることが……」

『こはるちゃんは気にしなくて大丈夫、宿はそっちでとるから、雪音にも伝えてちょうだい』

……気が付くと、さっきまであれだけ取り乱していた冬乃さんは、すでに私の知っているいつもの「冬乃《ふゆの》さん」に戻っていて。

そして名前の通り、凍《い》てつく冬のように冷たい口調で、言った。

『――これ以上、子どものわがままによそ様を付き合わせるわけにはいかないから』

「っ……」

有無を言わせぬその口調に、場の空気が凍る。

そのあまりの迫力には、関係のない「よそ様」の私でさえも凍り付いてしまったほどだ。

「……」

冬乃さんは理知的で、徹底的な合理主義者で、どんな時も冷静に判断をする。

今回も彼女の言っていることは大人として正しい……んだと、思う。

押尾《おしお》君も「仕方ないよ」とでも言いたげな目で、私を見ているわけで。

でも、だけど、

――このまま雪音《ゆきね》ちゃんを家に帰したら、彼女はどうなる?

「……」

雪音ちゃんが伏し目がちにテーブルの上で指をいじっている。

やっぱり雪音ちゃんの表情は変わらない。

……彼女が何を考えているのか、はっきり言って私には分からない。

悲しいのか、悔しいのか、寂しいのか、どんな理由があって家出なんかしてしまったのか。

分からない、なにもかも。

でも、それはきっと……

──冬乃さんだって同じはずだ。

「だ……ですっ」

『……なに？　ごめんなさいこはるちゃん、声が遠くて聞こえなかっ』

「──ダメですっ!!」

『!?』「!?」「……!?」

こんなに大きな声を出したのは、いつぶりだろう。

はあはあと肩で息をする私。

冬乃さんは言葉を失い、押尾君はもうこれ以上ないんじゃないかってぐらい両目を見開いていた。

でも、一番驚いていたのは……他でもない、雪音ちゃん本人だ。

『だっ……ダメって……こはるちゃん、それどういう意味……』

「ダメなものはダメですっ！　冬乃さんに！　雪音ちゃんは渡しません！」

『ええっ!?』

「ええ!?」これは押尾君の声。

『渡さないって、そんな……！』

「だって冬乃《ふゆの》さん──まだ雪音《ゆきね》ちゃんの話、なんにも聞いてないじゃないですかっ！」

『……!?』

「こはる……お姉ちゃん……？」

雪音ちゃんが私を見る。

……つくづく彼女は、昔の私にそっくりだと思う。

塩対応の佐藤《さとう》さんと揶揄《やゆ》されるほど自己表現が苦手で、誰にも何も伝えることのできなかった、あの頃の私にそっくりだ。

そんな私を、押尾《おしお》君が助けてくれた。

なら──雪音ちゃんは私が助ける！

「どうして雪音ちゃんに理由も聞かないまま、大人だけで全部話を進めようとするんですか……!? 小学生がたった一人で、東京から桜庭《さくらば》まできてるんですよ!? 普通じゃありません！」

『っ……！ だからそれは！ 雪音を連れ戻してからゆっくり本人と話し合うから！』

「冬乃さんには言えないから！ 雪音ちゃんは私を頼ってくれたんじゃないですか!? 納得のいく理由が説明されない限り、雪音ちゃんは帰せませんから!!」

『私たち母娘の問題で！ よそ様の家に迷惑をかけるわけにはいかないでしょう!!』

「でしたら尚更《なおさら》！ 雪音ちゃんはわざわざ私を頼ってくれました！ これは私と雪音ちゃんの問題ですから！」

『娘のわがままに！　あなたを付き合わせるわけにはいかないって言ってるの！』

「だから……何も知らないのにどうしてわがままだと決めつけるんですか!!」

『うっ……！』

舌戦、すさまじい舌戦の中で私は思う。

……ああ、やっぱり冬乃さんとウチのお父さんは、兄妹だ。

ストイックで責任感が強すぎるあまりに他人の意思を軽視しがちで、
そしてなにより――他者への歩み寄りが下手すぎる。

「この雪だと新幹線も止まりかねません……今日はひとまず、雪音ちゃんにはウチに泊まっていってもらいます」

『でも、それじゃあこはるちゃんに……！』

「私の迷惑なら気にしないでください。というか全然、迷惑じゃないですから、それに――」

私はちらりと雪音ちゃんを見る。

いつ見たって可愛《かわい》い、私の自慢の従姉妹《いとこ》だ。

だから私は、彼女の前では自慢のこはるお姉ちゃんでいたい。

「――雪音ちゃんは賢い子です、きっとそれぐらい分かっています。分かったうえで私を頼ってくれたんだと思います。だから私は、普通に雪音ちゃんとお話しがしたいです」

「こはるお姉ちゃん……」

『……』

長い、冬のような沈黙があった。

それからどれほど時間が経《た》ったろう。

『ふぅ――……』

冬乃《ふゆの》さんが、細く長い息を吐き出して、

『……こはるちゃん、なんだか変わったね』

「えっ」

今度は私が驚かされる番だった。

何故《なぜ》ならその声音が、私の知っている冬乃さんのイメージからはかけ離れた、優しいものだったためだ。

『……和玄《かずはる》と清美《きよみ》さんには私の方から連絡しておく、お礼もあとでする』

「……それって」

『確かに今日はもう遅いし、雪音《ゆきね》も一人で桜庭《さくらば》まで行って疲れてると思う。年末に悪いけどいったん雪音を任せてもいいかしら？』

「……！」

や、やった！

私は押尾《おしお》君と、そして雪音ちゃんと目を見合わせる。

この私が、なんとあの冬乃さんを説得できてしまったのだ。

「いいんですか……!?」

『確かに冷静に考えたら、娘が親戚《しんせき》の家へ遊びに行っただけの話だしね。それに……あなたの言う通り、雪音も歳《とし》の近いあなたになら話せることもあるでしょう』

「あ、ありがとうございます！」

『……お礼を言うのはこっち、雪音に代わってもらえる？』

「はっ、はいっ！　雪音ちゃん、お母さんが……！」

「……はい」

雪音ちゃんが恐る恐るスマホを受け取る。

耳に当ててたスマホから、冬乃さんの声が漏れ聞こえてきた。

『……雪音』

「……ごめんなさい、お母さん私」

『まだ謝らなくていい。こはるちゃんの言う通り、私はあなたがどうしてそんなことをしたのか、分かってない。あなたの考えをまだ何一つ聞けてないんだから』

「……」

『とりあえずお互いに頭を冷やしましょう……それと、こはるちゃんにあまり迷惑をかけないように、後で迎えにいくから』

「……うん、わかった」

『じゃあこはるちゃんに代わって』

雪音《ゆきね》ちゃんがこくりと頷《うなず》いて、再び私のところへスマホが戻ってくる。

『こはるちゃん、重ねてになるけど、雪音をお願いね。迷惑ついでに……いい？』

「は、はい！　なんでもおっしゃって……！」

『雪音に辛い物、食べさせないこと』

「……」

きゅっ、と口を真一文字に縛る。

雪音ちゃんの方へ視線を送ると、彼女はぷいっと顔を逸《そ》らしてしまった。

『雪音、辛い物が大の好物で、目を離すとすぐ刺激物を食べようとするから。適度な辛味ならともかく、あんなに辛い物が身体《からだ》にいいはずもないし、それだけは絶対に止めて』

「そっ……そぉーなんですかぁー……気を付けないとですねぇー……」

ついさっき爆弾みたいな刺激物もしゃもしゃ食べてましたけど、とは口が裂けても言えない。

ちなみに当の本人はわざとらしく口笛を吹いている。

『それと、食後の歯磨きと外出後の手洗いうがいは必ず忘れないで、お風呂《ふろ》は必ず湯船に浸からせて、あんまり身体を冷やさないように、雪音そんなに身体の丈夫な方じゃないから……それと間食は控えて、ＰＦＣバランスに気を使った食事を心がけて』

「ぴ、ぴーえふしー……？」

『スマホはあまり触らせすぎずに、テレビ・ゲーム・マンガ、下品な描写のあるものは見せないこと、まだ小学生だし……でも完全に禁止ってわけじゃないから、そのへんはこはるちゃんの判断に任せる。あ、でも定期的に遠くの景色を見せるようにして、この前視力検査あまり結果がよくなかったの』

「ちょっ、あの冬乃《ふゆの》さん……」

『そうだ、もし明日天気が良ければ外に出て運動もさせてほしいわ、散歩だけでもいい、とにかく適度に日光に当ててほしい。ビタミンDと日光の関係知ってる？　ビタミンDが欠乏すると骨がもろくなるの。そうね、冬場ならだいたい一時間ぐらいは日光浴を』

「冬乃さん!?　無理です覚えられません！　文字で送ってくださいっ!?」

『……そうね確かにその方が確実か、あとでまとめてショートメール送るからよろしく』

ほっと溜息《ためいき》を吐《つ》く。

やっぱり冬乃さんは間違いなくウチのお父さんの妹だ！　全然話聞いてくれない……！

『じゃあまあ、そういうことだから、よろしくね』

「はい……」

その言葉を最後に、ぷつっと通話が切れる。

……終わった。

未《いま》だに驚いている雪音《ゆきね》ちゃんに、私はおどけたように笑って言う。

「雪音ちゃん、出かける準備して」

「出かける準備……？」

「だってお泊まりするんだし、色々と買い物しないとでしょ？」

「……！」

「じゃあ私、コートとってくるね」

私はそう言い残して、きわめて自然にリビングをあとにし、玄関へ向かう。

きわめて自然に……していたつもりだったんだけど、どうやら押尾《おしお》君には色々と察せられていたらしく。

あとに続くようにドアが開いて、リビングから押尾君が出てきた。

「押尾君……？」

「……佐藤《さとう》さん、ひとまずおつかれさま、正直びっくりした」

「う……」

そりゃあびっくりしたでしょうとも。

でも、これだけは自信をもって言える。

――一番びっくりしているのは私自身だと。

「はぁぁぁぁ～～～っ……」

「佐藤さん⁉」

完全に限界だった。

情けない声をあげながら、へにゃへにゃ崩れ落ちてしまう私を、駆け寄った押尾君がすんでのところで抱き留める。

雪音ちゃんの前ではかろうじて持ちこたえられたけど……！

もうダメ！　立ち上がれない！

「押尾君……！　怖かったよぉぉぉ……！」

「頑張れてた！　頑張れてたよ佐藤さん⁉」

子どもみたく泣きじゃくる私の背中を、押尾君が一生懸命さすってくれる。

ほ、本当に怖かった……っ！　誰かと口喧嘩《くちげんか》なんて生まれて初めてしたよ！

あの冬乃《ふゆの》さんを説得できたのがいまだに信じられない！

というか雪音ちゃんの前じゃなかったら、とっくに泣き崩れていた自信がある！

「う、ううう……！」

「ガチ泣きだ……」

ただいま雪音ちゃんには絶対に見せられない醜態を晒《さら》しております。

だ、ダメだ、こんな調子じゃ絶対に保《も》たない！

「お、押尾君……っ！　本当に……ホント──に関係ないことに巻き込んじゃってごめんなさいって気持ちはあるし、本当に変なことお願いしてごめんって気持ちはあるんだけど……！」

「なに!?　なんでも聞くからとりあえず言ってみて!?」

「雪音《ゆきね》ちゃんがこっちにいる間、できることなら一緒に雪音ちゃんの面倒を見てほしいの……！　私だけじゃ絶対に……絶対に身が保たないからっっ！」

「そっ、それは別に、いいけど……」

と、その直後。

「――すみません、もしよろしければ長靴など貸していただけると大変助かるのですが」

リビングのドアが開き、雪音ちゃんが顔を出して……

「!?」「うっ!?」

さっきの再現だ。

私は光の速さで押尾《おしお》君の胸倉を摑《つか》んで、強引に引き寄せた。

それこそ背後の雪音ちゃんからはキスをしているように見えるほど。

「……と思いましたが取り込み中ですね、どうぞごゆっくり」

雪音ちゃんがドアを閉めて、リビングに戻っていく。

ごめん……本当にごめん押尾君……。

だからそんな「雪音ちゃんがいる間ずっとこれやるつもり?」みたいな顔しないで……。

二枚目　一二月三〇日

「うわっ寒……これはまた積もりそうだね、とりあえず一番近くのスーパーは……」
「ひっぎっ!?　ゆ、ゆゆ雪音ちゃんっ!?　なんで私の背中に手突っ込むの！」
「すみません、手が冷たかったもので」
「……二人とも、お店では静かにしてね」

「うわすごい、お店の中もすっかり年末ムードだ」

「私こういう雰囲気好きだなぁ、鏡餅《かがみもち》とか買っちゃおうかな……」

「それもいいけど、とりあえず必要なものから揃《そろ》えていこう、まずは夜ご飯」

「寒くなってきたし鍋《なべ》とかどうかな？　雪音ちゃん何が食べたい？」

「この『赤鬼堂《あかおにどう》監修・極限焦熱《きょくげんしょうねつ》鍋の素《もと》』……とても興味をそそられます」

「はいはい、ごま豆乳鍋の素にしようね～」

「…………」

「雪音《ゆきね》ちゃん雪音ちゃん、文句があるならこはるさんに直接言ってね、無言で買い物カゴにコチュジャン入れるのやめてね」

「…………」

「雪音ちゃんダメだよ、そんな眼《め》をしたってその地獄みたいな色のお菓子は買わないよ」


「食材は揃《そろ》えたし次は……雪音ちゃん何か欲しいものある？　辛い物以外で」

「ポヘモンほしいです」

「ごめん、生活必需品の話ね……」

「ご心配なく、家出に際し、着替えから衛生用品まで一通り持ってきておりますので」

「用意周到だなぁ、佐《さ》……こはるさんは何か家に足りないものとか心当たりある？」

「オセロかトランプかな……人生ゲームもいいかも」

「こはるさんもしかして結構舞い上がってる？」

「ポヘモンがいいです」

「……お母さんに頼もうね」


とまぁ、こんな感じで。

スーパーでの買い出しを終えて、俺たち三人はようやく家に戻ってきた。もう結構な時間だ。

「ただいまぁ、あぁ、やっぱりおうちの中はあったかいねえ」

と、佐藤《さとう》さんはかじかんだ手指を開いたり閉じたりしながら言う。

確かに近頃寒い日が続いていたが、今日は特に冷え込む。身も凍るようだ。帰り道にあった電光掲示板も氷点下を示していた。

まん丸に着ぶくれした雪音ちゃんの鼻先も赤くなって……ああ、コートが雪まみれなせいでさながら雪だるまだ。

「はい雪音ちゃんバンザイして、コートの雪落とすよ」

「恐縮です」

「どこでそういう言葉覚えてくるの……？」

雪音ちゃんの小学生離れしたワードセンスに動揺を隠し切れないまま、コートの雪を手で払ってあげる。佐藤さんもそれを手伝いながら、申し訳なさそうに言った。

「押《おし》……颯太《そうた》君ごめんね、買い物に付き合ってもらった上に荷物まで持ってもらっちゃって」

「気にしなくていいって、とりあえず身体《からだ》も冷えただろうから二人でお風呂《ふろ》入ってきなよ、俺はその間に鍋《なべ》の用意しておくからさ」

「えっ!?　そんなそんなっ！　そこまでしてもらうのは悪いって!?」

「二人がお風呂入ってる間に俺が夕飯の準備するのがいちばん効率いいから、ね？」

「本当に何から何までごめんね颯太君……」

「好きでやってるから、調理器具は適当に借りちゃうよ」

「じゃあお言葉に甘えて……雪音《ゆきね》ちゃん、こはるお姉ちゃんと一緒にお風呂《ふろ》入ろう?」

「別に私は三人一緒に入ってもいいですが」

「雪音ちゃん!! コラっ!」

「恐縮です」

前途多難だ……。

小学生にからかわれて顔を真っ赤にする佐藤《さとう》さんを見ながら、しみじみ思った。


……とまぁ、こんな感じに。

佐藤さんと雪音ちゃんがお風呂へ入っている間に、俺は夕飯の準備を進めた。

まあ準備と言っても鍋《なべ》の素《もと》があるから、具材を切って鍋に入れて煮るだけなので、大したことはしてないけれど。

そしてそれも、今終わった。

「よし、こんなもんで完成かな」

ぽこぽこ沸騰する乳白色のスープから食欲をそそるごまの香りが立ち上ってくる。

ああ、やっぱり冬は鍋だよな。あとはあの二人がお風呂からあがったら……

……あがったら。

「…………」

料理に没頭して考えないようにしていたのに、つい考えてしまった。

今、同じ屋根の下で佐藤さんが入浴しているという事実……。

以前にも似たような体験をしたけれど、やっぱりこれは何回やっても慣れるものでは……。

「――いい匂《にお》いですね」

「うわっ!?」

いきなり背後から声がしたものだから、口から心臓が飛び出るかと思った。

振り返ると、かわいらしいパジャマに着替えた雪音ちゃんが鍋を覗《のぞ》き込んでいた。

「ゆ、雪音ちゃん……!?　いつの間にお風呂あがったのっ!?」

「ついさっきです」

そりゃ、その頭からホカホカのぼってる湯気を見たら分かるけどさ……!

火を使っている最中に背後に立たれるのは、とにかく心臓に悪い!

「雪音ちゃん、間違っても鍋に触っちゃダメだからね」

「……ところで押尾《おしお》さん、このままでもたいへん美味《おい》しそうな鍋ですが、例えばここへラー油を投入すると担々風鍋になり、よりいっそう美味しくなると思われます」

なるほど、それが目的か……。

「ダーメ、冬乃《ふゆの》さんから刺激物は食べさせないよう言われてるんだから」

「押尾《おしお》さん、エプロン姿がたいへん似合っています。細やかな気配りができてそのうえ家庭的ときたら、将来いい旦那《だんな》様になるかと思われます」

「おだてててもダメ、……嬉《うれ》しいけど」

「では鍋《なべ》にラー油を入れていただければこはるお姉ちゃんのバストサイズを教えます」

「…………………!?」

さ、佐藤《さとう》さんのバストサイズ!? さっき一緒に入浴した時に確認したのか!?

……いやっ！ 乗せられるな！

相手は小学生だぞ!? どうせ口から出まかせに決まっている！

「お、俺はこはるさんのカレシだし、雪音《ゆきね》ちゃんから教えてもらわなくても大丈夫だから」

「ほう、すでに自身で確認済みと」

「……」

乗せられるな～……乗せられるなよ押尾颯太《そうた》～……。

「第一、恥ずかしがり屋の佐藤さんのことだ、きっと小学生の君にだって隠そうとしたはず、目測でバストサイズなんて測りようがない……はは、俺を騙《だま》そうったってそうは……」

「女性の胸部補正下着にはバストサイズを表記したタグがついているんですよ」

「そうなのっ!?」

思わずデカい声が出てしまった。

そうなの……？　そうなのっ⁉

——知らないよそんなの！　俺女の人の下着なんて見たことないもん！

「押尾さんの言う通り、こはるお姉ちゃん自身のガードは堅かったですが、あいにく脱いだ下着まではその限りではなかったようです、これは確かな情報です」

「い、いやっ！　やめてくれっ！　聞きたくないっ！」

だって雪音ちゃんのソレを聞いた瞬間、確定しちゃうじゃん！

好きな人の具体的な数字なんて知りたくない！

ていうか、あれだけ考えないようにしていたのに雪音ちゃんのせいで想像してしまった！

佐藤さんの下着とか、雪音ちゃんに恥じらいながら入浴する佐藤さんの姿とか……!!

おまけにそんな情報まで知ったら——妄想に奥行きが出てしまう！

「いいですか押尾さん」

「やめてやめてやめてやめて」

「一度しか言わないのでよく聞いてください」

「やめてやめてやめてやめて」

「こはるお姉ちゃんは、アンダー65のえぶっ」

「……？」

両耳を塞《ふさ》いで「やめて」連呼をしていると、唐突に雪音ちゃんの声が聞こえなくなった。

不思議に思って見ると……

仁王像みたく全身を真っ赤にした、バスタオル姿の佐藤《さとう》さんが雪音《ゆきね》ちゃんのことを取り押さえているではないか。

「もご」

「ゆ・き・ね・ちゃ・ん……!? 私がシャンプーしてる間やけに静かだと思ったら……！」

「すみません」

「押尾《おしお》君の邪魔しないのっ!! それにまだ肩まで浸かって百数えてないでしょ!! 戻るよ！」

そして佐藤さんは雪音ちゃんを小脇《こわき》に抱えたまま、再びずんずんと浴室へ戻っていった。

俺は彼女らの背中を見送って、安堵《あんど》の溜息《ためいき》を吐《つ》く。

「あ、危なかった……」

助かった！ かろうじて！

去り際、雪音ちゃんがアンダーがどうとか言ってたけど……。

「詳しくないからなんのことか分からない……！」

セーフ！ まさか自分の女性経験のなさに感謝する日がこようとは。

ほんの少し、ほんの少しだけ残念な気もするけれど……なんにせよ結果オーライだ！

だってバスタオル姿の佐藤さんが急いで止めに来てくれたおかげで、俺は佐藤さんのカップ数を知らずに済んで……。

「あれ……？」

遅れて、かあああああああっと全身がさっきの佐藤さんみたく紅潮した。

あれ？　もしかしてさっきの俺、カップ数知るよりすごいものを見てしまったんじゃ……？

――あああああぁっ。

浴室から佐藤さんの叫び声が聞こえる。

どうやら俺と全く同じタイミングで、俺と全く同じことに気付いたらしかった。

そしてこれもまた余談だが、気付いたら鍋《なべ》の中に数滴のラー油が垂らされており、ごま豆乳鍋は見事担々風鍋へと変貌《へんぼう》を遂げてしまっていた。

雪音ちゃん、いったいいつの間に……？

「――ごちそうさまでした」

食卓を囲んだ俺と佐藤さん、そして雪音ちゃんの三人が声を揃《そろ》えて言う。

少し作りすぎてしまったので、余ったら明日二人が食べるぶんにしようと思っていたのだが……杞憂《きゆう》だった。〆の雑炊までぺろりと平らげてしまった。

「ピリ辛で美味《おい》しかったですね」

「……君がラー油入れたからね」

まあ適度な辛味のおかげで食が進んだのは事実だけど。普通に美味しかったし。

「いやでもホント押尾《おしお》君は料理上手だよね！　私感動しちゃった！」

「料理上手って……俺は具材を切っただけ、美味《おい》しいのは鍋《なべ》の素だよ」

「そんなことは……」

「………………」

「……ふう」

続けようとした言葉を忘れてしまうぐらい、全員満腹であった。

今日はとにかくいろんなことがあって、みんな疲れが溜《た》まっていたのだろう。

だから、この後の流れとしては当然。

「ふわぁ……」

雪音《ゆきね》ちゃんが大きな欠伸《あくび》をした。

……無理もない。どれだけ大人びていたって小学五年生だ。

たった一人で東京から桜庭《さくらば》までやってきた、疲労も相当なもののはず。

「雪音ちゃん、そろそろ寝よっか」

「……」

佐藤《さとう》さんの提案に、雪音ちゃんがこくりと頷《うなず》く。

普段大人びていても、こういうところは年相応だ。

「じゃあ颯太《そうた》君、私雪音ちゃんの歯磨いてくるから、ちょっとゆっくりしてて」

「……うん、いってらっしゃい」

眠そうに眼《め》をこする雪音ちゃんを連れ、洗面所に消えてゆく佐藤さんが「あとで雪音ちゃんについて話をしよう」とアイコンタクトをしていた。

佐藤さんも大変だな……。

「……じゃあ俺はその間に食器でも洗っておくか」

食後の腹ごなしだ。

ちなみに誤解のないよう言っておくけど、別に気を使っているわけではない。

むしろさっき「好きでやっている」と言った通り、俺は家事全般が嫌いではないのだ。

それに……さっきは恥ずかしくてついそっけないことを言ってしまったけれど、自分の作った料理で誰かが喜んでくれるのは嬉《うれ》しかった。

「……やっぱ俺、父さんの子だなぁ」

なんてしみじみ思いながら、食器をまとめて台所へ運んでいると……

「こらっ！　雪音ちゃん!!　歯ブラシに歯磨き粉つけてないでしょ!?　見てたよ私っ!!」

「歯磨き粉はチョコミントの味がするので嫌いです」

「普通逆でしょ！　歯ブラシ咥《くわ》えたまま走らないのっ！」

廊下をどたどたと二つの人影が走り抜けていった。

本当に大変だな……佐藤さんも……。

洗い物をひととおり終え、手持ち無沙汰《ぶさた》になってテーブルを拭《ふ》いていると、ずいぶん経《た》って佐藤《さとう》さんがリビングに戻ってきた。

いかにも疲れ切った表情を見る限り、相当苦戦したらしい。

「さ、佐藤さん……？」

「……」

佐藤さんは返事もせず、幽鬼のごとくふらふら歩いていくと、そのまま倒れ込むようにソファへダイブする。

……たいへんお疲れの様子だった。

「……雪音《ゆきね》ちゃん、とりあえず私の部屋のベッドに寝かせてきたんだけどね……」

「う、うん……」

「――あんなに眠たそうだったのに布団に入った途端！　雪音ちゃん突然目が冴《さ》えてスマホいじり始めちゃって！　でも冬乃《ふゆの》さんには早く寝させるように言われてるから！　頑張って説得したの！」

「おつかれさま……」

……世のお母さんは皆、こんな風に苦労しているのだろうか。

男手一つで俺を育ててくれた父さんには、改めて尊敬の念しかない。

「……あっ⁉　というか洗い物っ……」

「もう済ませたよ」

「あああああ……ごめんね押尾《おしお》君、本当になにもかも……」

　一度は慌てて上半身を起こした佐藤さんだったけれど……再びぱたりとうつ伏せ状態に戻ってしまった。憔悴《しょうすい》しきっている。

　……無理もない。

　神経の張り詰める半日が終わって、今日ようやく初めて二人きりになれたのだ。

　ちなみにこれはロマンチックな意味ではなく、やっと緊張が解けたという意味。

　そもそも俺、何しに佐藤さんの家に来たんだっけ……？

「……押尾君、雪音ちゃんの家出の件……どう思う？」

　佐藤さんがソファに顔を埋《うず》めながら言ってきた。

　どう……か。

「正直に言うと、初めは虐待とかその線も考えたんだ。でも……佐藤さんとの会話を聞いてる感じ、それはない気がする」

「うん、あの人に限って、それはない」

　佐藤さんが強く同意した。

　俺は冬乃さんがどういう人間かも、なんなら顔も知らないけれど……さっきの会話を聞く限り、そういうことをする人には思えなかった。むしろ雪音《ゆきね》ちゃんのことを強く想っているように感じた。

そんな彼女が虐待は考えにくい。

むしろ……

「……そこに原因があったりしてね」

実を言えば、俺はこれに近しいケースを割りと最近、間近で見ている。

もっと言うと佐藤《さとう》さんも同様にそのケースを見ているはずなんだけど……。

彼女はどうもピンとこなかったらしく、首を傾《かし》げた。

「どういうこと？」

「……いややっぱりごめん、ただの憶測だし、雪音ちゃんが何も言ってないなら俺の口から適当なことは言えないや」

「そっか、そうだよね」

「ところで雪音ちゃんは何か言ってた？」

「……」

佐藤さんが弱々しくかぶりを振る。

……まだ完全に佐藤さんに心を開いてくれたわけではない、ということか。

俺は一旦《いったん》テーブルを拭《ふ》く手を止めて、ダイニングテーブルを囲む椅子《いす》の一つに腰かけた。

「――まあ、雪音ちゃんは佐藤さんを信頼してわざわざ桜庭《さくらば》まできたわけだし、いつかは話してくれるよ。無理に話させようとしてもかえって逆効果だろうから、ちょっとずつ打ち解けていこう。ね？　佐藤さん」

俺としては、佐藤さんを元気づける目的で言ったつもりだった。

でも、何故《なぜ》か。

「……」

佐藤さんはソファにうつぶせになったまま、足を交互にぱたぱたやるばかりで、こちらの呼びかけに一切反応を示してくれない。

「……佐藤さん？」

もう一度名前を呼びかけてみる。

すると彼女は、どこか不服そうにじとーっとした目でこちらを見返してきて……

「……佐藤さんって誰のことですかぁ、雪音ちゃんのことですかぁ」

「……はい？」

「さっきまではこはるって呼んでくれましたよねぇ」

「…………はい!?」

名前呼びって雪音ちゃんの前でだけじゃないの!?

というか……！

「佐藤《さとう》さんも俺のこと押尾《おしお》君って呼んでるじゃん!?」

「うっ……その……押尾君って呼ぶの慣れちゃって……」

「それはまあ俺もなんだけど……」

「今だから言うけど、本当は今までにも何度か挑戦しようとしたんだ、名前呼び……でも、その、どうしても、緊張しちゃって……」

「……俺も」

実を言うと俺も何度か、さりげなく「こはるさん」呼びを試みたこともあったが……

意識しすぎて逆に言葉が出てこなくなり、結局「佐藤さん」呼びに。

そんなのをもう半年以上続けているのだから我ながら呆《あき》れる。

「そこで押尾君、私は考えました」

佐藤さんはそう言ってソファから立ち上がると俺の向かいに座る。珍しく深刻な表情だ。

「私は雪音《ゆきね》ちゃんの滞在中に、雪音ちゃんから家出の理由を聞きださなくてはなりません」

「はあ」

「そのためには雪音ちゃんとの信頼関係を築かなくてはいけません、そうだよね？」

「まあ、うん」

「だけど、私がしょ――――もない見栄を張っていたことが雪音ちゃんにバレると、その時点で雪音ちゃんの信頼を失っちゃうかもしれないわけで、ここはなんとしてでも嘘《うそ》を吐《つ》き通さなくてはなりません」

「そう、だね？」

「でも今日は正直お互いかなり危なかった！　何回も名字で呼びかけたし！」

「……要するに？」

「――雪音ちゃんの前以外でも、名前呼びにするべきだと思うんだよ、私たち」

「……なるほど」

そうきたか……。

いや、会話の流れ的にそうなりそうな予感はしてたけどさ。

それに……捉《とら》え方によってはいい機会かも。

「……確かに、二人きりで気を抜いて名字呼びしてるところを見られる可能性もあるしね……雪音ちゃん神出鬼没だし……」

「でしょ？　じゃあ練習しよう」

「練習？」

「そう、名前呼びの練習！　ちゃんとお互いに相手の目を見て名前を言えるよう、雪音ちゃんが寝ている今のうちに練習！」

そうきたか……。

これは予想していなかった展開だ。

「じゃ、じゃあまずは言い出しっぺの私から先ね……」

佐藤《さとう》さんがこほんと咳払《せきばら》いをして、ダイニングテーブル越しに、まっすぐに俺のことを見つめてくる。すでにちょっと顔が紅《あか》い。

「では、まいります……」

……えっ、ちょっ、ちょっと待って、そういう感じでやるの？

そんなかしこまると、普通に名前を呼ぶより恥ずかしいと思うんだけど……。

というか名前呼ばれる方もかなり恥ずかしいぞ、これ。

「……」

「……」

静寂と羞恥《しゅうち》に耐えながら、お互いを見つめ合う。

「……」

「……」

ち、沈黙が辛《つら》い……！

ダメだ、あと三秒もこれが続けば目を逸《そ》らしてしまう！

と、思ったその時、

長い長い静寂を打ち破り、佐藤さんは震える唇を開いて……。

「──颯太《そうた》」

「えっ」

思わず声が出てしまった。

しまった、と思うが、佐藤さんが羞恥に震えながら「何か変？」とでも言いたげに見返してくるのでもう、俺は答えざるを得なくなって。

「いや、その……てっきり君付けだと思ってたもので……」

「あっ」

「……」

「……」

「……」

「……ふっ、ぐぐぅ…………！」

う、うわあああ……！　す、すごい……佐藤さんの顔が梅干しみたいに……。

あまりの羞恥に叫びたいが、雪音《ゆきね》ちゃんが寝ているので必死に堪《こら》えている、というところか。

「颯太君も言って……！」

「えっ？」

「颯太君も……こはるって言って……！」

「なんで⁉」

「……！」

うっ……⁉　佐藤《さとう》さんの鋭い眼光が「私も恥ずかしい目に遭ったのだから、押尾《おしお》君も同じ目に遭うべきだ」と訴えかけてきている……！

これはきっと、言うまでずっと睨《にら》みつけてくるつもりだ……！

「……」

……仕方ない。

俺は一度深呼吸をしたのち、しっかりと佐藤さんの目を見て、

「――こはる」

……もはや説明するまでもないことだと思うが、

直後、声を押し殺して悶《もだ》える奇妙な梅干しが、二つに増えた。

……閑話休題。

「とっ……とにかくさ！　こはるさん！」

さっきのダメージからようやく立ち直った（ついでに「こはるさん」呼びもさりげなく達成）

俺は、未《いま》だテーブルに顔を埋《うず》める佐藤さんに切り出した。

「雪音《ゆきね》ちゃんも寝たし、俺はそろそろ帰るよ」

「あ、そっか……ごめんね押……そ、颯太《そうた》君！　まさかこんなことに巻き込んじゃうなんて……遅くまで付き合ってくれて本当に助かっちゃった」

「こっちこそごめん、俺も楽しくてつい時間忘れちゃった」

言いながら、俺は席を立つ。

ちらりと確認したダイニングの壁掛け時計は22時を指そうとしていた。

さすがにこれ以上カノジョの家に長居するのは健全な高校生カップルとしてよろしくない。

「とりあえず明日朝イチでまた来るよ、それまでは雪音ちゃんのお世話頑張ってね」

「なにからなにまで本当にありがとう……私やっぱり颯太君がいないとダメだなぁ」

うっ……名前呼びも相まってその台詞《せりふ》、なんかこうぐっとくる……。

「そ、そんなことないよ！　こはるさん、今日はすごくよく雪音ちゃんの面倒見てたもん」

言いながら、俺はコートの袖《そで》に手を通し、佐藤さんからもらったマフラーを巻く。

「あっ、玄関まで送るね！」

「はは、じゃあお言葉に甘えるね、ありがとう」

俺は玄関まで言って、靴を履く。これで出ていく準備は万端だ。

「じゃ、俺はもう行くから」

「ばいばい颯太君《そうた》！」

「鍵《かぎ》も忘れずちゃんとかけてね」

「うん！」

きっと日本中どこにでもある模範的高校生カップルの、微笑《ほほえ》ましい別れの儀式……。

「颯太君も夜道は十分気を付け……」

の、さなかに佐藤《さとう》さんが突然ぴたりと動きを止めた。

――マズい感づかれた。

俺はほとんど逃げるようにドアノブへ手を伸ばしたけれど――がしっと肘《ひじ》を掴《つか》まれる。

ち、力が強い……。

「ど……どうしたのこはるさん？　これじゃ帰れないよ……」

「……どうやって帰るの？」

「……」

「颯太君の家、ここから結構遠いよね」

嬉《うれ》しいはずの名前呼びに目が泳ぐ、冷や汗が背中を伝う。

「そ……それはもちろん、来た時と同じだよ」

「具体的には？」

「……バス」

「もう終バス終わってるよね？」

……桜庭《さくらば》の終バスは早い。

そして佐藤さんはcafe tutujiの常連だから、当然バスの時刻表を把握している。

それは分かっていた。分かっていたからこそ、佐藤さんがソレに気付く前に退散しようとしたのに……！

「そ、そっか！　もうそんな時間か！　気付かなかったなあ、あはは……」

「どうやって、家まで帰るつもり？」

「…………………歩いて」

「――歩いて!?」

佐藤さんが仰天して声を張り上げる。

「こはるさん声抑えて!?　雪音《ゆきね》ちゃん起きちゃうから！　ね!?」

「ここから颯太君の家まで歩いたら1時間以上かかるよね!?」

「ま、まあそうかもだけど帰れないことは……」

「ダメだよっ!!　私が呼びつけたのにこんな時間に一人で歩いて帰らせるなんてできないよ!?

今夜も冷えるし、さ……最悪凍死しちゃうかも!!」

佐藤さんの顔が青ざめる。

さすがに死にやしないと思うけど……！

「い、いやいやいや！　そんなこと言ったって！　さすがに帰らなきゃ!?」

「どうしても帰るっていうなら私が家まで送っていくから！」

「ダメだよ!?」

とんでもない提案に俺までつい声が大きくなってしまう。

そんなことをしたら結局、佐藤《さとう》さんが一人で夜道を歩いて帰ることになってしまうわけで
……本末転倒どころの話ではない！　第一雪音《ゆきね》ちゃんが家でひとりぼっちになる！

それだけは絶対に！　ダメだ！

だけど佐藤さんは俺の腕を摑《つか》む手に更に力を込め、一向に引く気配を見せない。

それどころか、彼女の態度はより一層頑《かたく》なになって……。

「──泊まっていって」

「へっ」

「颯太《そうた》君、今日はウチに泊まっていって」

「だっ……！」

あの塩対応の佐藤さんが、今日はウチに泊まっていくように言っている。

本来ならばソレは、桜庭《さくらば》高校の全男子が喉《のど》から手が出るほど欲しい台詞《せりふ》なのかもしれない
……が！　罰当たりと誹《そし》られようが、俺は全力でそれを拒否をする！

「だっ……ダメダメダメダメダメっ!!　ぜっっっったいにダメだってそれだけはっ!!」

「……私は大丈夫ですけど」

「私は大丈夫ですけど!?」

びっくりしすぎてオウム返ししてしまった。

佐藤さん、意地になって自分でもよく分からないこと言ってない!?

「ダメだって！　年頃の男女が一つ屋根の下でさぁ!?」

「別に普通だもん」

「絶対にそんなわけない！」

「――じゃあ確認するからねっ!?」

「えっ？」

確認ってなんですか。

聞き返す間もなく、ムキになった佐藤さんはスマホを取って、どこかへ電話をかけはじめた。

「……」

「ちょっ……こはるさん？　待ってどこに何を確認しようとしてるの？　ねえ、怖い……」

「――あっ、もしもし！　ご旅行中すみません！　押尾《おしお》君のお父様ですか!?」

「ウワァ――っ!?」

絶叫。夜中に絶叫だ。

な、ななな、なにやってんの佐藤さんっ!?

『ああ！　こはるちゃん久しぶりだね！　どうかしたのかい？』

「実は諸事情あって今、両親不在の私の家に颯太《そうた》君がいるんですけども」

「ヒッ……！　こ、こここはるさんっ!?　それ以上は……！」

「単刀直入に言うと彼を今夜ウチに泊めても差し支えないでしょうか？」

「（声にならない悲鳴）」

『あ、いいよー』

軽っ!?　それでも父親か!?

『こはるちゃんから電話がかかってくるってことはきっとなにか事情があるんだよね？　それでどうせ颯太が「年頃の男女が一つ屋根の下でなんて……」とかゴネてるんでしょ？』

エスパー!?　なんでそんなに察しがいいんだ父さん！

『……あ、でもやっぱり私は聞かなかったことにしようかな。何か間違いがあった時和玄《かずはる》に刺されたくないし！』

父さん!!　今あなたはとんでもないことを言っている自覚があるのか!?

『とはいえあんまりお硬いことも言いたくないから、こう……うまいことやってね！』

「任せてください！　すみません夜分遅くに……」

『んーん大丈夫さ！　ちょうどインターバルだったから！　合トレで筋肉をいじめ抜いて、温泉で汗を流す！　おまけにトレ後のサウナは筋肉の合成が促進されるんだよ！　いやあ旅行って最高だね。んじゃまあ、そんなわけでウチの颯太をよろしく！』

「はい、おやすみなさい」

　ここで通話が切れる。

　勝ち誇ったようにこちらを見る佐藤《さとう》さん。

　俺はというともう、満身創痍《まんしんそうい》だ……。

「……というわけで颯太君、必要だったらウチのお父さんにも確認とるけど？」

「今夜は泊まらせてください……」

　佐藤さん、日に日に交渉がうまくなってる気がするよ……。


　しかし、これにて一件落着というわけでもなく。

　俺が佐藤さんの家に泊まるにあたり、噴出した様々な問題点を解決するために、俺と佐藤さんはさらなる激論を交わす羽目になった。

　とりわけ時間がかかったのは、もちろん寝床問題である。

「――いやっ！　ベッドがあと一つしかないなら俺はリビングのソファで大丈夫だから！　なんなら床でもいいって！　毛布さえあればどこでも眠れるし!?」

「ダメっ！　颯太君はゲストなの！　それなら私が代わりにソファで寝る！」

「そんなことされたら俺が気になって眠れない！」

「だからベッドで寝ようって！　せっかくダブルベッドなんだから！」

「……!?　ちょっと待って!?　もしかしてこはるさん、いつも両親が寝てるベッドで一緒に寝ようって言ってる!?」

「……うん！」

「（文字に起こせない悲鳴）」

「大丈夫！　少し離れて寝れば！」

「（文字に起こせない悲鳴）」

侃々諤々《かんかんがくがく》。

こんな具合で、俺と佐藤《さとう》さんの議論は深夜まで続き……。

結局、俺が負けた。

「わ、分かりました……もう、一緒に寝ましょう……」

「はぁ、はぁ……よし……」

息も絶え絶え、佐藤さんがガッツポーズを作る。

佐藤さん、意地になりすぎて自分でも何をやっているかよく分かっていないのではないだろうか……？

ともかく、こうなってしまえば待ち受けるのは当然、俺にとって人生最大の試練……。

――カノジョとの同衾《どうきん》だ。

「…………」

一七年という、決して短くはない人生の中で……

かつてこれだけダブルベッドがちっぽけに見えたことがあっただろうか。

「え、えーと……じゃあ私が向こう側で、颯太《そうた》君は手前側ね」

「……わかった」

つまり普段は窓側に清美《きよみ》さんが、出入り口側に和玄《かずはる》さんが寝ているということか……。

……生々しい！

というか今更だけど、ここって佐藤さんの両親が毎晩一緒に寝てる場所だよね⁉

いいのか⁉

そんな場所でカノジョと二人で寝るなんて、倫理的に許されることなのか⁉

改めて考えてみようとしたけれど、とっくにキャパをオーバーしてしまっていたため、何も分からなかった。

ごめんなさい和玄さん、清美さん、仕方なかったんです……。

……ともかく、さすがにそろそろ寝ないと明日に響く。

「……寝ようか」

「う、うん」

厄介なことに、さっきあれだけグイグイだった佐藤《さとう》さんがここにきて状況を正しく理解したのか、露骨に緊張しはじめた。

そして佐藤さんが緊張すると当然俺まで緊張してくるわけで、それを受けて佐藤さんも更に緊張する……。

佐藤夫妻の寝室に、地獄の緊張スパイラルが発生していた。

「……じゃあ、はい」

「はい……」

お互い意味のない相槌《あいづち》を打ちながら、おそるおそるベッドへ近づく。

佐藤さんの布団をめくる音が、お互いの衣擦《きぬず》れの音が静かな室内でやけに大きく聞こえる。

ロボットのようにぎこちない動きで、とうとう、俺と佐藤さんがベッドの両端に腰掛けた。

本来柔らかいはずのマットレスが、今は岩みたいに硬く感じる……。

「……」

落ち着け、落ち着け……！　今だけ鳴るな俺の心臓！

なにか別のことに意識を集中させるんだ……！

たとえばこのモダンに統一された寝室は和玄《かずはる》さんの趣味なんだろうかとか、壁に飾ってある名画ジグソーパズルの芸術性とか……！

「で、電気消すね」

ぎゃあっ！　視覚情報が遮断された！

真っ暗な部屋で、叫び声をあげそうになるのを我慢しながら、布団へ潜り込む。

「……」

「……」

お互いに背を向け合い、身体《からだ》は髪の毛一本だって触れ合っていない。

はず、なのに……

背後に感じる佐藤さんの気配や、その匂《にお》いに心音は高鳴るばかりで、まったく眠れる気がしなかった。

「きょ、今日も冷えるね……颯太《そうた》君……」

ヒッ！　すぐ後ろから佐藤さんの声がっ。

「そう、だね、明日も寒くなりそうだね……」

「……颯太君は、寒くない？」

俺を気遣って聞いてくれたのだろう。

でも正直に言うと、今自分が寒いと思っているのか暑いと思っているのかも分からない。

しいて言うなら緊張のあまり全身が痺《しび》れているような感覚だ。

「普通、かな……」

「……そっか」

「……」

「……」

……えっ、なんだこの空気……？

もしかして俺、何か変なこと言った……？

う、ううう、変な汗が……喉《のど》がぴったり貼り付きそうなぐらい渇いている……。

今なんか言われたら本当に心臓止まるかも……。

「……颯太《そうた》君、もう少しこっちにくれば？」

ギャッ!?

「ど、どうして……？」

「そんな端っこで丸まってたら、落ちちゃうよ」

「……わ、分かった」

躊躇《ちゅうちょ》したけれど、でもこの不安定な姿勢が眠りづらいのは、本当だった。

ほんの少し移動しよう。

ほんの少しだけベッドの内側に移動して、せめて仰向けにさせてもらおう。

大丈夫、二人用のベッドだ、これぐらいなら身体《からだ》も触れ合わないはず……。

と、目算を立ててからゆっくり寝返りを打ったところ。

――感覚を失った俺の指先が、布団の中でなにか細くて温かいものに触れた。

「……？」

これ……は……？

……。

………。

…………!?

佐藤《さとう》さんのっ、ゆびっ――!!

俺が慌てて自らの手を引っ込めようとした、その刹那《せつな》。

「ごめっ――!?」

「っ！」

「!?」

どういうわけか、佐藤さんが離れかけた俺の手を摑《つか》まえた。

衝撃に次ぐ衝撃、心臓が今までになく大きく脈打つ。

「こっ……ここ、こはるさんっ……!?」

っていうか今気づいたけど近っっっっっっっっっっかい!?

佐藤さん、てっきり背中を向けているもんだと思っていたけど、思いっきり身体ごとこちらを向いている!!

息遣いと彼女の体温で、すぐそこにいるのが分かる！

「な、なにを……!?」

「……颯太《そうた》君の手、すごく冷たくなってる」

佐藤《さとう》さんが耳元で囁《ささや》いて、布団の中でぎゅっと俺の手を握りしめる。

その握りしめる手の温かさや、指の細さ、そしてほんの少しの汗ばみに。

もうどうにかなってしまいそうだった。

「私、体温高いから……その、温めるね」

「でも、これは……!」

「……普段から手、繋《つな》いでるでしょ」

そりゃあ理屈はそうだけど、今のシチュエーションではまた違うじゃん……!

「うっ……く……!」

——ダメだ! 限界!

俺は今にも爆発しそうな心臓を押さえながら、改めて佐藤さんの方へ身体《からだ》を向けた。

暗闇《くらやみ》でちゃんとは見えないけれど、佐藤さんの肩がぴくんと跳ねる。

その反応の「意味」を想像してしまって、こっちまで心臓が跳ねてしまったけれど、なんとか堪《こら》えて、言った。

「だっ……ダメだよこはるさん、嬉《うれ》しくないっていったら嘘《うそ》になるけど……」

それはもう、今世紀最大の嘘になるけど、でも。

「そんなことされたら、俺はたぶん歯止めが効かなくなるよ。これ以上は大丈夫じゃない……」

そりゃあ、俺だって健全な男子高校生だ。

そういったことへの憧《あこが》れはあるし、考えたことがないわけでもない。

……嘘、結構考えたことある。

でも、だからこそ……。

「こはるさんは俺が泊まっていっても大丈夫って、最初に言ってた」

——私は大丈夫ですけど。

佐藤さんが、そう言っていたのを、俺は鮮明に覚えている。

「だったら俺は一時の衝動で相手の気持ちを無視して、恋人を傷つけたりするような真似《まね》したくない……」

「颯太君……」

どうやら、分かってくれたらしい。

佐藤さんが俺の名前を呟《つぶや》いて、そして布団の中で俺の手を握りしめる力を……

……強めた。逆に。

「えっ」

「颯太君は、本当に鈍いね」

……タイミングがいいのか悪いのか。

俺の目もようやく暗闇《くらやみ》に慣れてきて、だんだんと佐藤《さとう》さんの表情が見えてきた。

彼女は……羞恥《しゅうち》で頬《ほお》を赤く染めていた。

しかしその一方、どこか怒ったように、それでいて熱っぽい視線をこちらに向けている。

え？　え？　え？

「私が大丈夫って言ったのは……」

佐藤さんが布団の中でぎゅうっと俺の手を握りしめてくる。

俺の動悸《どうき》はどんどん早くなる一方だ。

「颯太《そうた》君は大丈夫って意味じゃなくて……」

こんな時に、どうしてだろう。脳内でイマジナリー三園蓮《みそのれん》の台詞《せりふ》がリフレインする。

『自分の臆病《おくびょう》を彼女のせいにするの、ダサいぜ』

どうして今こんなことを思い出すのか？

理由は、すぐに分かった。

「——颯太君にだったら大丈夫って意味なんです、けど……」

「あっ」

……もしかして。

日和《ひよ》ってたのって、俺だけ……？

「……颯太君」

佐藤さんの熱い吐息が、近づいてくるのが分かる。

途端に頭の中が真っ白になって、もう、自分の身体《からだ》が自分のものではないようで……。

まるで夢でも見ているみたいだ。

頭が熱に浮かされている……。

「こはる……さん……」

そして俺だってもう色々と限界だった。

最後の理性のタガが、さっきので完全に外れてしまった。

「……」

「……」

もうどちらが近づいているのかも分からないけれど、暗闇の中で二人の距離が狭まっていく。

そして、いよいよ、お互いの唇が――

――重なろうとした、その瞬間。

ばたん！　と大きな音を立てて寝室のドアが開いて。

「!?」「!?」

これで何度目か、俺と佐藤さんは反発する磁石よろしくベッドの端から端まで飛びのいた。

見ると、開かれたドアの前に雪音《ゆきね》ちゃんが立っていて……

「ゆ、雪音《ゆきね》ちゃん……？」

「どうしたの、こんな時間に……」

「──すみません、こはるお姉ちゃんの部屋、寒すぎて眠れません」

雪音ちゃんは端的にそう答えると、固まる俺たちを無視して、有無を言わさず布団の中に潜り込んでくる。

そして……まるで初めからそこが定位置だったと言わんばかりに、俺と佐藤《さとう》さんの間に収まって、

「では、おやすみなさい」

ものの数秒で、すうすうと寝息を立て始めてしまった。

「……」

「……寝ちゃった」

俺と佐藤さんは、お互いに顔を見合わせる。

恥ずかしさやらなんやら、いろんな感情があったけれど……結局、お互いに噴き出してしまった。もう全然、そんな雰囲気じゃない。

「……寝よっか、こはるさん」

「そうだね、颯太《そうた》君」

かくして、俺たちは川の字になって眠ることとなった。

三人で眠るダブルベッドは、ちょっとだけ狭くて、暖かかった。

三枚目

一二月三一日

「……っ」

布団の中でぶるりと身を震わす。

……寒い。外が明るくなってる……。

本当だったら二度寝したいところだけど……

あんまり寝てばかりいると、お父さんから自堕落だのなんだのと嫌味を言われちゃう。

「朝ごはんなにかな……」

私は冬眠明けのクマよろしくベッドからのそのそ這《は》い出して、寝室をあとにする。

ほんの少し違和感を覚えたけれど……大きな欠伸《あくび》を一つしたら忘れてしまった。

凍《い》てつくようなフローリングの床を歩き、階段を下って、しょぼしょぼ目をこすりながらダイニングへ入る。

キッチンからトーストの焼ける匂《にお》いがした。

「お母さん、今日は珍しくご飯じゃないんだね……」

私はパン党なのでこれは嬉《うれ》しい誤算。

大きな欠伸をしながらキッチンにいるお母さんを見ると……

「……えっ」

お母さんじゃ、ない。

キッチンにいたのはエプロン姿の押尾《おしお》君で、
フライパン片手になんだか気まずそうに笑っていた。

「……ごめんこはるさん、もしかして朝はごはん派だった？」

「……？」

思考停止。

「えーと、一応食材使っていいか聞いたんだけど……多分その調子だと覚えてないよね」

「？」

押尾君の言葉が全然頭に入ってこない。

なにこれ？　私の普段している妄想がとうとう夢にまで？

「こはるお姉ちゃん、おはようございます」

「……？」

状況が把握できないまま声のした方へ視線をやると、テーブルについた雪音《ゆきね》ちゃんが「さくさくさくさく」とリスみたくトーストをかじっていた。

……雪音《ゆきね》ちゃん？

私の寝ぼけた脳がフル回転して、昨日のことを思い出し始める。

そうだ、昨日は雪音ちゃんがウチに訪ねてきて、押尾《おしお》君が泊まって――。

あれ？　じゃあこれって現実？

私、とても人様にお見せできないような寝起き顔を押尾君に晒《さら》しただけじゃなく、

あまつさえ、あんな大きな欠伸《あくび》まで……！

マグマみたいな羞恥《しゅうち》がどんどんこみあげてくる。

そんな私へ、雪音ちゃんがトーストをさくりと齧《かじ》って、一言。

「ところでこはるお姉ちゃん、モーニングルーティーンはいつ始まるのですか？」

「あっ」

モーニングルーティーン。

一日をよりよく過ごすためには、まずは朝の活動から。

……といった考えのもと、各々のライフスタイルに組み込まれた朝の日課や習慣のこと。

数多くの著名人がそれを自らの生活に取り入れており、当然私も……。

――そういえばそんな嘘《うそ》も吐《つ》いたなあ!?

「!?」

「こはるさんどこ行くのっ!?」

私は押尾君が引き留める声も無視して、素早くダイニングを飛び出し、洗面所に向かう。

洗面所に着いたらすかさず冷水で「ひっひっ」と喘《あえ》ぎながらじゃばじゃば顔を洗い。

お母さんの使っているよく分からない洗顔料を顔中に塗りたくって、もう一度「ひっひっ」と喘ぎながら洗顔料をすすぐ。

それから化粧水、美容液、保湿クリームの順でスキンケアを……

あれ⁉　順番これで合ってたっけ⁉　I《アイ》 TUBE《チューブ》で観《み》た時は確か……まあいいや！　じゃぶじゃぶつければ同じはず！

あとはヘアオイルとドライヤーで髪を整えて……。

待って⁉　パジャマから着替えてない！　あああ――っ！

どったんばったん。

そんなこんなで、倍速モーニングルーティーンを終えると、素早くダイニングに舞い戻る。

私の顔を見た押尾君と雪音ちゃんが同時にびくっとした。

「こ、こはるさん？　顔が光って……」

「……おたまじゃくし？」

二人が何か言っていたようだけれど、それどころではない。

私は慌ててキッチンへ駆け込み、食器棚から私専用のマグカップを取る。

「こはるさん？　なにを」

「ごめん颯太《そうた》君！　このお湯ちょっともらうねっ！」

「あっ、それは……！」

タイミングよく押尾《おしお》君が電気ケトルでお湯を沸かしてくれていたので、これを拝借してマグカップになみなみお湯を注いだ。

そして慌てて口をつけて、

「っ!?」

思わず飛び上がりかけたけど、雪音《ゆきね》ちゃんが見ている手前それはできない。

私はほとんど泣きそうになりながら、最後の意地でごくごくソレを飲み干して……

「……あ、朝一番の白湯《さゆ》はっ、冷えた身体《からだ》を温めるのっ！　ダイエットとかデトックスとかいろんなことに効果があるんだよっ……！　以上ここまでが私のモーニングルーティーン！」

「おぉ――！」

雪音ちゃんが拍手で私を称えてくれる。

やった……やったよ押尾君……！　私守ったよ！　お姉ちゃんの威厳を……。

「こはるさんそれ、白湯っていうかほぼ熱湯なんだけど……」

どうりで、食道に火でも放たれたのかと思った。

バターを塗った厚切りのトーストにベーコンとスクランブルエッグ。

サラダにちょんとのった真っ赤なプチトマトで彩りもばっちり。温かい紅茶とデザートのヨーグルトまでついている。

これが本当にウチの冷蔵庫の中身から生まれたのだろうか？　にわかには信じがたい。

ともかく、まるで喫茶店のモーニングセットのような、非の打ちどころのない朝食だった。

「――これ、本当に美味《おい》しいよ颯太君!?」

「よかった」

押尾君が向かいの席でトーストをかじりながら、嬉《うれ》しそうに笑う。

「ホントだよ！　私のお母さんが作ったやつより美味しいかも！」

「そ、そーれは素直に喜びづらいかなあ……？」

お母さんに聞かれたら二～三発叩《たた》かれそうだけど、でも事実だから仕方がない！

「さすがカフェの店員さんって感じ！」

「褒《ほ》めすぎだよこはるさん」

「……前から聞こうと思っていたのですが」

雪音ちゃんが小さなスプーンでヨーグルトをちびちび舐《な》めながら、会話に参加する。

「押尾さんはどういったカフェで働いているんでしょうか」

「ああ、雪音ちゃんそれはね――」「『cafe tutuji』っていうの！」

押尾君の言葉にかぶせて、私が答えた。

なんといっても雪音《ゆきね》ちゃんがcafe tutujiに興味を持ってくれたのが嬉《うれ》しくてたまらなかったのだ。

「cafe tutujiはね、とってもお洒落《しやれ》なガーデンカフェでね！　看板商品のパンケーキはもちろん超美味《おい》しいんだけど、なにより庭がとっても綺麗《きれい》なの！」

「庭、ですか」

「そう！　フラワーガーデンっていうのかな？　行くたびに違う花が咲いてて、何度行ったって飽きないいんだから！」

「そうですか、それは実に興味深いです」

雪音ちゃんがきらきらと目を輝かせて言う。

それがたまらなく嬉しくて、私は更に続けて……

「もしよかったら雪音ちゃんも一緒に行こうよ！　とってもいいところなんだから――」

「……こはるさん」

「？」

今度は、押尾《おしお》君が私の言葉を遮った。

なにかと思えば、押尾君はふるふると首を横に振っている。

……自分の失言に気付いた。

「あっ……！　ご、ごめん雪音ちゃん、私……！」

「いいんですよ」

雪音ちゃんもどこか悲しそうに言う。

……そうだ、雪音ちゃんは近く東京に帰らなければならない。

それにcafe tutujiは今休業中だ。つまり、彼女は行きたくても行けないのに、私は……。

「大丈夫です、本当に気にしていません」

「いや、でもほら！　次また来た時にでも……！」

「……そもそも私甘いものはあまり得意じゃないので、本当に気にしなくて大丈夫ですよ」

「うう……」

雪音ちゃんに気を使わせてしまった。

こんな調子じゃいつまで経《た》っても雪音ちゃんに心を開いてもらうことなんてできない。

なんとなく場の雰囲気がぎくしゃくし始めた時……押尾君が口を開いた。

「まあ、別にウチだけじゃなくても桜庭《さくらば》にはいいとこいっぱいあるから、年末年始でも開いてるお店だってあるし」

「押尾さん、それって」

「せっかく新幹線に乗って東京から桜庭まできたんだよ？　せっかく年末なんだしさ、お出かけしないと損だよ」

「……!!」

「食べ終わったら、お出かけの準備しようね」

「は、はい」

さっきまであれだけ沈んでいた雪音《ゆきね》ちゃん——やっぱり無表情のままだけど——の声が、私でも分かるぐらいに弾んでいた。

押尾《おしお》君はすごい。たったの一言で場の空気を変えてしまった。

まるで押尾君のお父さん……清左衛門《せいざえもん》さんみたいだ。

「こはるさんも食べ終わったら支度してね、天気はいいけど今日も冷えるから」

「お父さん力が高い……！」

清左衛門さんみたい、じゃない。

もはやこれは新ジャンル、颯太《そうた》お父さんだ！

……というか気付いちゃったけど今の私、どちらかといえば押尾君の娘みたいな立ち位置になってない!?

私と雪音ちゃん姉妹を、包容力激高の颯太お父さんが見守っているみたいな、そういう構図になってない!?

「あ、雪音ちゃん口元にパンくずついてるよ」

「恐縮です」

「お父さんすぎる……！」

「実は俺、恥ずかしくて言ってなかったんだけど子ども好きなんだよねえ」

押尾《おしお》君が雪音《ゆきね》ちゃんの口元をぬぐいながら、自身は緩み切った口元で言う。

デレデレだ！　ここにきて押尾君の意外な一面を発見してしまった……！

押尾君の圧倒的お父さん力に震えていると……同時に私のスマホが震えた。

「こはるさん、着信きてるよ」

「あっホントだ、ちょっと待ってね……ひっ⁉」

思わず悲鳴をあげてしまう。何故《なぜ》なら電話の主は——ガチお父さん。

つまり佐藤和玄《さとうかずはる》からの着信だったからだ。

「……こはるさん？　どうかした？」

「いやその……！」

ただでさえ迷惑をかけている押尾君に、これ以上余計な心労を増やすわけには……！

……よし！　押尾君がお父さんなら私はこはるお母さんだ！

今こそ私のお母さん力を発揮する時！

「な、なんでもないの⁉　食事の最中に行儀悪くてごめん！　ちょっと電話出てくるねっ！」

「？　ああ、うんいってらっしゃーい」

私は小走りで食卓を離れ、玄関までやってきて、電話をとる。

「も、もしもし……？　お父さん？」

『冬乃《ふゆの》から話は聞いた』

開口一番。

やっぱりその話……。

『雪音ちゃんが来ているらしいな』

「ああ、うん、そうなの。今は朝ごはん食べてるところだけど……」

『今から戻る』

「んえっ!?」

予想だにしていなかった提案に、思わず大声をあげてしまった。

マズい、押尾君に聞こえてないよね……!?

「も、戻るって……ハワイから!?」

『そうだ』

「ダメだって！　何考えてるの!?」

『雪音ちゃんはまだ小学生だ、大人がついていないとダメだろう』

冬乃さんといいお父さんといい……！

「皆して雪音ちゃんを子ども扱いしすぎ！　雪音ちゃんすっごくおとなしいよ!?」

『とはいえよそ様の子どもだ、万が一があってはまずい』

また「よそ様」だ。まったく何様だっていうんだ。

り言うの！」

「雪音《ゆきね》ちゃんは親戚《しんせき》でしょ!?　冬乃《ふゆの》さんもお父さんも！　どうしてそんなに冷たいことばっか
『大人には大人の都合があるんだ、とにかく帰るからな』

「っ……!!」

分からず屋……！　分からず屋の兄妹だ！

今二人が帰ってきたら、雪音ちゃんはきっと自分の心を打ち明けることはなくなる。

そうなったら結局冬乃さんに無理やり連れ戻されるのと一緒だ！

私は……こはるお母さんは……！

雪音ちゃんの頑張りを、無駄にしたくない！

「……雪音ちゃんはみんなが思ってるよりずっと大人だもん」

『だからなんだというんだ？　小学生は小学生だろう』

「だけど今、お父さんたちが記念旅行を途中で打ち切ってまで日本に戻ってきたら、雪音ちゃんはきっと……いや絶対気に病むよ」

『む……』

ほんの少し、お父さんの攻撃の手が緩まった。

私の意見にも一理あると思ったのだろう。

お父さんは感情論が一切通用しない合理主義者で、私の天敵だけど……そのぶん常に冷静で議論の中でも決して熱くならない。

だから相手の言うことに理があると思えば、素直に受け止めることもできる。

「もちろん私や冬乃さんだって気に病むよ、お母さんとの大事な二十周年記念旅行をほっぽってさ……」

『そ、それはそうかもしれんが、しかし現実問題こはるに子どもの世話は無理だ』

「……どうして決めつけるの？」

『普段のこはるを観察したうえでの客観的な判断だ』

「……」

あまりに直截《ちょくせつ》な物言いにカチンときた。

私、今こはるお母さん目指してるんですけど!?

「……できますけど、小学五年生の相手ぐらい」

『ぐらいじゃない、お前は子どもの世話をすることがどれだけ大変か分かっていない』

「……それって遠回しに私が手のかかる子だったたって言ってる!?」

『言ってないが？　ヒステリーを起こすな』

カチン！

「面倒見られるって！」

『無理だ』

「できる！」

『こはる一人では、絶対に無理だ』

絶対!?　もう怒った！

「──できるってば!!　だいたい一人じゃないし！　颯太君《そうた》もいるし!!」

『はっ？』

「あっ」

マズい。

『……いるのか？　押尾《おしお》颯太が、ウチに……』

「いや、えと……」

た、大変だ……！　いつも理論派のお父さんが倒置法を……。

『いるのか？』

「い……いたり、いなかったり……？」

『いるんだな？』

「……いますけど」

『……』

こんなにもお父さんの沈黙が怖かったことは、かつてない。

「で、でもねっ!?　雪音《ゆきね》ちゃんの面倒見てくれるし、ごはんも作ってくれたし！　私本当に助かってるの！　朝ごはんだってそうだし、昨日の夜もわざわざ鍋《なべ》をね……！」
『……いるのか？　昨晩から、ウチに』
「あ、う────ん………」
語るに落ちる、とはまさにこのこと。
どんどん状況が悪い方向に……！
『帰る、必ず、今日だ』
そしてお父さんがとうとうカタコトに!!
まずいまずいまずいっ！　ここはなんとしてでも止めないと────！
「──いっ、今帰ってきたら、もう一生お父さんと口利かないからっっ!!」
『……』
正真正銘、私の奥の手、思いっきり感情論であった。
これでダメならもうお手上げだ。
『…………』
流れた汗も凍るような、長い沈黙があって……
お父さんが静かに言う。
『……あとでまた、かけ直す』
それだけ言ってお父さんが通話を切った。

えっ……これはどっち……？　成功？　失敗？

なんにせよ、あんなにも冷たい声は初めて聞いたものだから「ぞ〜っ」としてしまった。怒っているのは、間違いない。

「……お腹痛くなってきた」

できることならもうハワイから帰ってこなければいいのに……。

そんな風に思いつつも、私は重い足取りでダイニングに戻る。

ダイニングでは、押尾《おしお》君と雪音《ゆきね》ちゃんが仲良く食後の紅茶を飲んでいた。

「おかえりこはるさん、電話大丈夫だった？　なんか大きな声あげてたみたいだけど……？」

「う、ううんっ!?　なにもないよ、なにも！　あはは……」

「そっかあ……というかこはるさん！　このティーバッグの紅茶！　和玄《かずはる》さんのだよね!?」

「え？　ああ、うん、多分そうだけど……」

「勝手に使わせてもらっちゃったけど……これ、俺がこの前の桜華祭《おうかさい》で和玄さんに出したお気に入りの紅茶なんだよ！　気に入ってくれたみたいでうれしいな」

「そ、そうなんだ……」

「俺も少しは和玄さんに認められたってことかなぁ、こういうのうれしいよね、なんか」

「あはは1、そうだね……」

「……なんでそんな哀《かな》しそうな顔？」

ごめん押尾君、本当にごめん……。

お父さん、ハワイから帰国したら真っ先に押尾君のことをどうにかしちゃうかも……。

これ以上は怖いので考えないこととした。

こはるお母さん、我ながら頼りない。

♠

一二月三一日、大晦日《おおみそか》。

今年最後となる今日この日の天気は、見事な快晴だった。

まさしく絶好の外出日和なわけだけど……

「……まずはその服をどうにかしないとだね」

「そうですか？」

外出の支度をしながら俺が言うと、もこもこと着ぶくれした雪音ちゃんが首を傾《かし》げた。

もちろん悪いのはダウンコートではなく、その下に着込んだ制服だ。

「……さすがに目立ちすぎるよね、どう見てもこのへんの制服じゃないし」

佐藤《さとう》さんの言う通り、雪音ちゃんの制服はなんというかこう……都会的だ。いかにも名門校のお嬢様といった感じ。

そんな彼女を、大晦日《おおみそか》に高校生二人が連れ回す絵面は考えただけでも不自然である。

「いちおう家出中だしね」

「雪音《ゆきね》ちゃん、制服以外に私服持ってきたりしてない？」

「申し訳ありません、かさばるので東京の家に置いてきてしまいました」

「それもそっか」

ううん、と唸《うな》る。

ダウンコートで隠れているとはいえ、制服姿ではなにかと不便が多い。

それにこんな高そうな制服、汚したりしようものなら冬乃《ふゆの》さんに申し訳が立たないし、どうしたものか……。

「私が昔着てた服はお母さんが捨てちゃったしなあ」

「いっそ新しく買っちゃうっていうのは？　俺お金出すよ」

「いえ、そこまで迷惑をかけるわけには……服を買うなら私が自分で買います」

「といっても」

「あったかな、小学生の懐にも優しい服屋さんの心当たりなんて……」

「……」

「あ」「あっ」

俺と佐藤《さとう》さんが同時にある店の存在に思い至り、互いに目を見合わせた。

そうだ、あそこがあった。

「――はあい、ただいま雪の日割引適用で店内商品全品50％オフとなっておりまぁす……」

巨大なクローゼットみたいな店内に、無気力な女性の声が響き渡る。

〝Europe Used Clothing MOON〟。

バスで20分ほどかけてたどり着いたこの場所は、今さら言うまでもないが俺の親友・三園蓮《みそのれん》とその姉の三園雫《しずく》が働く古着屋だ。

夕方割引、雨の日割引、雷割引とくれば雪の日割引もあるだろうと踏んだのだが、大当たりだった。

だけど……

「なにしてるんですか雫さん？」

「……」

雫さんは力なくカウンターに突っ伏したまま答えない。

年末という、なにかと慌ただしいこの時期に、「元気」を擬人化したような彼女が、見るからに陰鬱《いんうつ》なオーラを発散している。

異様な光景だ。死んでいるのかと思った。

「最初hidamariを訪ねたんですが、麻世《まよ》さんがいなかったのでこっちに来てみたら……」

当の麻世《まよ》さんは、何故《なぜ》かカウンターの向こうで雫《しずく》さんの隣に座って、困ったように微笑《ほほえ》んでいる。

もっと言えばその後ろでは蓮《れん》が椅子《いす》にもたれかかって白目を剝《む》いていた。

……どういう状況？　これ。

俺と佐藤《さとう》さんが困っていると……見るに見かねて麻世さんが解説を始めてくれた。

「ええと……私と雫が大学でスイーツ研究サークル所属ってことは知ってるわよね？」

「そういえばそんな話もありましたね」

この二人がスイーツを研究しているところなんて一度も見たためしがないので完全に忘れかけていたけれど。

「それで昨日、サークルの忘年会があったのよ」

「はあ、まあそういうシーズンですからね」

「それで……うーん、端的に言うとハメ外しすぎて今年一番の二日酔い？　詳しく言うと相当恥ずかしいことしてたんだけど……聞きたい？」

「やめて麻世思い出させないでっ!!　悪いと思ってます！　悪いと思ってます！　反省してます！　だから……うぎっ、頭がっ……！」

「――こはるさん早く雪音《ゆきね》ちゃんのこと隠して！　こんなダメな大人見せたくない！　雪音ちゃんの教育上悪すぎる！

と思って咄嗟《とっさ》に叫んだけれど、当の雪音ちゃんは店内に飾られた帽子に興味津々で、こっちの話は聞いていないようだった。

「押尾《おしお》さん、この帽子とてもふわふわで興味をそそられます」

「うん、そっかそっか、雪音ちゃんに似合いそうだね、あとで買ってあげるからね、他に欲しいものはない？」

「颯太《そうた》君!?　もうお父さん通り越して親戚《しんせき》のおじいちゃんみたいになってるよ!?」

そりゃあこんな天使みたいな子が近くにいたら好々爺《こうこうや》にもなってしまうよ。

願わくば、いや絶対に雫さんみたいな大人にはなりませんように。

「で、蓮はどうしてこんなことに？」

「酔っぱらって帰ってきた雫に夜中叩《たた》き起こされて明け方まで絡まれたんですって、それで両方使い物にならなくなっちゃったから今日は私が代わりに店番やってるの」

「……雫さん」

「分かってます分かってます！　全部私が悪いです！　もう金輪際お酒は飲みません！　なので昨晩のことはきれいさっぱり忘れていただけませんでしょうか!?　いっ……痛い痛い痛い！　頭が割れるっ！　うううううう」

俺は即座に雪音ちゃんの耳を塞《ふさ》ぐ。

こなければよかった、こんなところ……。

「それで……そこの彼女は？」

「こんべるじゅ～、はじめまして佐藤雪音《さとうゆきね》です。こはるお姉ちゃんの従姉妹《いとこ》にあたります。小学五年生です、よろしくお願いします」

「あらご丁寧にどうも、素敵なレディーね」

「本当にそうなんですよね……」

しみじみ俺が言うと、佐藤さんが「もう産んだ顔してるよ颯太《そうた》君……」と呟《つぶや》いた。

それはともかく。

「諸事情あって今この雪音ちゃんを預かっているんですが私服がなくて……麻世《まよ》さん、何か見繕ってもらえたりできますか？」

「そうねえ、MOONに子ども服は置いてないし、hidamariの方になら少しは子ども服の在庫があるからそっちで見繕ってあげてもいいんだけど……」

「けど？」

「正直、雪音ちゃんの服ならこういうお店で選ぶより、もっと手ごろな値段のところで揃《そろ》えたほうがいいと思うの」

「そんな……！　雪音ちゃんに粗末な服を着せろって言うんですか⁉」

「颯太君！　母性が暴走してるよっ⁉」

「本当なら俺が作ってあげたいぐらいなのに……！」

「き、気持ち悪いよ颯太君……」

「別にプチプラが粗末って言ってるわけじゃないのよ」

　俺たちのやりとりを見た麻世さんが、くすりと笑って言う。

「ただウチだとそもそもの選択肢が限られちゃうってこと。それに子どもの成長ってすごく速いでしょ？　経済的に余裕があるならまだしも、ちょっと背伸びして買った服がすぐに着られなくなっちゃったら、それって皆にとって悲しいことだと思わない？」

「でも、せっかくだから雪音ちゃんにはできるだけオシャレでいい服を選んであげたくて……」

「選んであげるんじゃなくて、服は一緒に選ぶものなのよ」

　麻世さんの何気ない一言に思わずはっとさせられる。

「私たちの店を贔屓《ひいき》にしてくれるのは素直に嬉《うれ》しいんだけど……ファッションっていうのは言葉を使わないコミュニケーションなの」

「コミュニケーション、ですか」

「そう、その人がどういう性格で、どういう考え方やこだわりを持っているか……ファッションにはそういうのが全部詰まってるの。誰かから押し付けられた価値観じゃ、健全なコミュニケーションはとれないでしょ？」

「それは……」

　……そう、かもしれない。

確かに俺は雪音《ゆきね》ちゃんの言葉を、まだ何ひとつ聞けていない。

雪音ちゃんがどんなスタイルの、どんな色の、どんな素材の服が好きなのか、まるで分かっていない。

「まして彼女はもう一人前のレディーなんだから、私たちにできるのはほんの少しのアドバイスだけ、ちゃんと相談して、そのうえで決めるといいわ」

ちゃんと相談して、か。

確かに、買うのは他の誰のものでもない、雪音ちゃんの服だ。

俺はその場にかがんで、雪音ちゃんと視線の高さを同じくした。

「……雪音ちゃんは、どんな服が欲しい？」

「そう、ですね……」

いつも淡々と答える雪音ちゃんは、珍しく考え込むようなそぶりを見せた。

「……私、正直に言うと、ファッションには疎《うと》いんです」

「そんなの！　俺だって詳しくないよ」

「なにか頓珍漢《とんちんかん》なことを言って、呆《あき》れられたりしないかと不安で……」

「分かる！　私も最初はそうだったんだ！」

すかさず、佐藤《さとう》さんがフォローに入る。

「でも大丈夫だよ雪音ちゃん！　心配することなんてなにもない！　あそこにいる麻世《まよ》さんは

ファッションのプロなんだから！　もちろん私たちだって相談に乗るよ？　だからどんなことでも遠慮しないで言ってみて！」

ここで、俺はようやく麻世さんの言葉の真意を理解した。

なるほどファッションというのは、こういう風に誰かと相談するところも含めてのコミュニケーションなんだ。

「そ、そうですか……じゃあ」

雪音ちゃんは……相変わらずの無表情だったけれど。

それでもやはりどこか恥ずかしがるように、おずおずと言った。

「……このふわふわ帽子は、すごく気に入って……ます……」

──了解。

「……押尾《おしお》さん？」

「麻世さん、この帽子ください」

「あら値札も見ずに男らしい」

「たとえ一生かけてでも俺が払いますので」

「!?　い、いえ、押尾さんにそこまでしてもらうわけには!?」

「足りないぶんは私出しますっ！」

「こはるお姉ちゃんまで……!?」

雪音《ゆきね》ちゃんがおろおろしている一方で、俺たちの意志は固かった。

あの雪音ちゃんが、初めて冗談でなく本当に欲しいものを口にしたのだ。

あの雪音ちゃんが、年相応にわがままを言ってくれたのだ！

これを聞かずして何が男か！

「そ、じゃあ雪音ちゃん、その帽子ちょっと貸してもらってもいい？」

「は、はい」

カウンターから回り込んできた麻世《まよ》さんが、相変わらず菩薩《ぼさつ》のような笑顔で、雪音ちゃんから「ふわふわ帽子」を受け取る。

そしてちらりと値段のタグを一瞥《いちべつ》したのち、隣にいる雫《しずく》さんに言った。

「雫、起きなさい」

「ンアア……頭痛い……なあに麻世……？」

「この帽子も雪の日割引、効く？」

「うぇ……？　おお、お目が高ぁい……それは七〇年代ギリシャ製のマリンキャップ、当時の漁師が愛用した帽子だね、渋いなあ……もちろん割引効くよ」

「よかった、確か雪の日割引は80％オフよね」

「…………………ん？　ははは、やだなあ、もしかして麻世も昨日の酒まだ残ってる？　雪の日割引は50……」

「80よね？」

「…………ちょっと待って」

麻世さんの意図を理解したらしい、雫さんのただでさえ青白い顔が更に青ざめた。

「だっ、だめだめだめっ、無理っ、だってそれ結構いい値段するのにっ……!?」

「……昨日ね、私本当にいろんな人に謝ったの、お酒の飲み方を知らないどこかの学生さんがたくさん粗相を働いたせいで……」

「いやっ、でもっ、あの、麻世」

「……ところで雫、昨日二軒目以降お会計払った記憶、ある？」

「――100％です!!　雪の日割引で100％オフ!!　お買い上げありがとうございましたッ」

「はい、毎度ありがとうございます」

麻世さんが値段のタグをちょきんと切って、ふわふわ帽子を雪音ちゃんの頭に丁寧にかぶせてくれる。思った通り、その帽子は雪音ちゃんによく似合った。

「似合ってるわよ、雪音ちゃんはセンスがいいわね」

「え、えと、ありがとうございます、麻世お姉さん……」

「麻世さん……！　本当にありがとうございました！」

「やっぱり最後に頼りになるのは麻世さんです！　今日は来てよかったです！」

「――ちったぁ麻世だけじゃなくて私にも感謝してくれようっ!!」

雫《しずく》さんが絶叫し、そのあとすぐにまた十字架を向けられた悪魔みたいな悲鳴をあげ始めた。

……雫さん、自業自得とはいえ一年の総決算がこれなのか……。

俺は雪音《ゆきね》ちゃんの耳を塞《ふさ》ぎながら、二日酔いに苦しむ彼女に憐《あわ》れみの視線を向けた。


――雪音ちゃんの服を買うなら、そうねえ。

――このあたりだと駅ビルに入っているお店がおすすめかしら。

――あそこなら種類も豊富だし、なにより値段が手頃で、流行《はや》りも押さえてるから。

という麻世《まよ》さんの助言に従い、俺たち三人はMOONを出た後、少し歩いて桜庭《さくらば》駅に併設された駅ビルへとやってきた。

今まで女子の、まして小学生の着る服に意識を向けたことなんてなかったけれど……

なるほど確かに麻世さんの言う通り、ここなら選び放題だ。

というわけで、およそ一時間ほど雪音ちゃんのファッションショーが続き……

「――私、これがいいです」

そう言って、雪音ちゃんが試着室から出てくる。

文字に起こせば、シンプルな長袖《ながそで》トップスにコーデュロイのサロペット、そして例の「ふわふわ帽子」というコーディネート、ただそれだけだ。

しかし試着室から出てきた彼女を、俺はどんな言葉で褒《ほ》め称えればいいのだろう。

カジュアル？　クラシック？　ボーイッシュかつガーリー？　こなれ感？

いや、ファッション用語なんて分からない。でも、とりあえず……。

「天使や……」

「颯太《そうた》君、もしかしてちょっと泣いてる……？」

隣で佐藤《さとう》さんが引いてる気がしたけど、仕方がなかった。

だってほら……！　見てよこんなにも……尊い……！

「こんなの3秒目を離したら誘拐されちゃう……」

「颯太君、桜庭そんなに治安悪くないよ」

「なんでも買ってあげたい……」

「颯太君、今日母性ののびしろがすごいよ」

なんてやりとりをする俺と佐藤さんのもとへ、雪音ちゃんがてとてと駆け寄ってきた。

そのあまりの可愛《かわい》さに思わず悲鳴をあげかけたけれど、さすがに堪《こら》える。

「どうしたの？　雪音ちゃん」

「押尾《おしお》さん、こはるお姉ちゃん、私これ買ってきます」

「……ホントにいいの？　全部俺が買ってあげてもいいんだけど……」

「こらっ！　颯太お父さん雪音ちゃんを甘やかしすぎないのっ！」

「でも……」

「いいんです、私が買いたいんです」

雪音《ゆきね》ちゃんがふるふると首を横に振る。

「実は憧《あこが》れだったんです、自分で選んだ服を、自分でお金を出して買うというのが。だからお気になさらず、むしろ二人とも私のわがままに付き合ってくれてありがとうございます」

「雪音ちゃん……」

「では少々お待ちください、買ってきます」

レジの方までてとてと駆けていって、店員さんに声をかける雪音ちゃんの後ろ姿を、俺たちは遠目に見守る。

そんな健気な姿に、思わずまた目頭が熱くなった。

「雪音ちゃん、あんなに小さかったのに立派になって……」

「颯太《そうた》君、記憶の捏造《ねつぞう》が始まってるよ」

「お待たせしました、そのまま着て帰れるようにタグも切ってもらいました」

「すごい!!　雪音ちゃんよく頑張ったよ!!　偉い!!　ナイスファイト!」

「ゆ、優勝したみたいな喜び方……でも本当に雪音ちゃん頑張ったね」

「大したことしてないです」

なんて風に、二人で雪音ちゃんの偉業を称えていると……

「なーんか今回のフタバの新作びみょ～だったね」

「三杯もおかわりしといて⁉」

「私は美味《おい》しかったと思うけどなぁ」

なにやら、通路の方から聞き覚えのある三人組の声が近づいてくる。

この声は……

「……ん？　あれこはると押尾《おしお》君じゃん、よっす～」

「呆《あき》れる、一年中一緒にいるくせに大晦日《おおみそか》まで一緒だなんて、相変わらず仲のよろしいこと」

「みおみおぉ、それ全部私たちに返ってくるよぉ」

丸山葵《まるやまあおい》、五十嵐澪《いがらしみお》、樋端温海《ひばたあつみ》。

言わずと知れた演劇部の仲良しトリオだ。

「みんな！　きてたんだ！　みおみおも一週間ぶり！」

「ひっつくなひっつくな！」

佐藤《さとう》さんに抱き着かれた五十嵐さんは、表面上嫌がるそぶりを見せているけれど、意外とまんざらでもなさそうだ。

「三人とも二学期ぶり」

「押尾君、二学期ぶりぃ」

「二人は買い物中って感じ？」

「まあそんなとこかな」

「ちなみにだけどこのあと予定ある？」

「予定？　特にはないけど……」

「――じゃあさ！　せっかくだし私たちと映画観《み》に行かん!?」

丸山《まるやま》さんが食い気味に言って、その小柄な身体《からだ》をずずいと前のめりにする。

「え、映画……？」

「そー！　すぐそこの映画館でこのあとやるんだよ！　お目当てのヤツが！　年末限定のリバイバル上映！　もうワクワクしすぎちゃってさあ！」

「そもそも私たち、わさびがどーしても観たい映画があるっていうからわざわざ年の瀬に集まったんだしね」

「私あんまり映画とか詳しくないんだけどぉ……なんてタイトルだっけぇ？　ええと、あ、アラ……？」

「――コンジウムですか」

「あ、そうそう！　確かそんなタイトルでぇ……うん？」

演劇部三人組が、一斉に雪音《ゆきね》ちゃんの方を見る。

どうやら彼女らはそこで初めて雪音ちゃんの存在に気付いたらしかった。

「えっ？　あれ？　誰ぇ？　どこの子ぉ？」

「こんべるじゅ～、はじめまして佐藤《さとう》雪音です、よろしくお願いします」

「佐藤《さとう》……？　……こはる!?　あんたまさか！」

「まさかってなに!?　雪音《ゆきね》ちゃんは従姉妹《いとこ》だよい・と・こ！」

「ええ!?　こはるちゃんの従姉妹なんだぁ！　可愛《かわい》いぃ〜！」

「──そんなことよりお嬢ちゃん！　君コンジウム知ってるの!?」

爛々《らんらん》と目を輝かせた丸山《まるやま》さんが、樋端《ひばた》さんと五十嵐《いがらし》さんを押しのけ、しゅばばばっ！　と雪音ちゃんにすり寄る。

すさまじい熱量に見てるこっちが圧倒されてしまったほどだが、さすが雪音ちゃん、眉《まゆ》一つ動かさずに淡々と答える。

「ええ、公開初日に映画館へ観《み》に行こうと思っていたのですが、母親から止められて結局観れずじまいでした」

「うっは、マジぃ!?　公開当時なんてキミいくつよ!?」

「九歳でした」

「ちょっとここに逸材いるよ逸材〜！　ねえよかったら私たちと一緒に映画観に行かない!?」

「よろしいのですか？」

「もちろん！　ね!?　いいよねみおみお！　ひばっち！」

「私は別にいいけど……」

「私も全然いいよぉ、雪音ちゃん可愛いしぃ」

なんだかあれよあれよという間に演劇部の皆と映画を観に行く流れになってきた。

佐藤さんと俺は顔を見合わせる。

「……どうしよう颯太《そうた》君？」

「確かに予定はないけど、今から映画を観るとなるとお昼ごはんの時間がなぁ」

俺と佐藤さんはともかく、雪音ちゃんには時間通りにご飯を食べさせてあげたい……。

と思っていたら、ちょいちょいとコートの袖《そで》を引っ張られた。

雪音ちゃんだ。雪音ちゃんが俺の袖を控えめに引っ張りながら、上目遣いで……。

「私、映画観たいです、颯太お兄ちゃん」

……!?

颯　太　お　兄　ち　ゃ　ん　!?

「──よしじゃあすぐ観に行こっか、パンフも買おう、ポップコーンはいる？　ホットドッグとチュロスも買おう」

「わーい」

「颯太君!?　ダメだよ!!　雪音ちゃんお昼ご飯食べられなくなっちゃうよ！」

「……なんかあの二人、また面白いことになってない？」

「いやぁ、さすがクラス一のバカップル、飽きさせませんな」

「いいなぁ、私も雪音ちゃんにポップコーン買ってあげたいなぁ」

♥

「なるほど、それでこんな変なことになってんのね」

映画館にたどり着くまでの道中、私は今までの経緯を演劇部の三人に説明した。

反応は三者三様、みおみおは真剣、ひばっちは悲しそう、わさびは……なんだかちょっと嬉《うれ》しそう？

「なに、ひばっち泣いてんの？」

「だ、だって悲しいよぉ、あんなに小さい子が家出だなんてぇ……」

「ひばっちは家族想いだもんね～」

「……で、そういうアンタはなんで嬉しそうなのよ、わさび」

「そりゃもちろん、父からの脱却は大人になるための通過儀礼だからね、物語の常識だよ」

「……冬乃《ふゆの》さんはお母さんだよ？」

「たとえ話だよう、雪音《ゆきね》ちゃんの物語の中で冬乃さんは父であり母なの、アイアムユアファーザー、なんつってねー、なはは」

「？」

わさびの言うことは、やっぱり難しくて私には理解できない。

「要するにさ、親離れの時期がきたんだよ、喜ばしいことじゃん、健全健全、笑っちゃうぐらいに健全だね」

「……ま、わさびのイヤミな言い方はともかく、親離れが健全っていうのは私もそう思う、反抗期だって親離れのための重要な儀式だわ」

でも、とみおみおは真剣な表情で続ける。

「でも私にはあの子のソレが親離れじゃなくて、ただ親から逃げているだけに見える、もしそうだとしたらそれは、健全じゃない。矛盾するようだけど親離れに必要なのは対話なのよ」

「対話……」

「そう、親離れってのは物理的な話じゃなくて精神的な話なの。たとえば自分の父親が、あるいは母親が、ある日突然地球上から消えたって……そこに対話がなければ同じこと、親離れと和解は表裏一体なんだから」

「お、みおみお深いこと言うねえ」

「わさび、茶化さないで」

「……」

向こうで押尾《おしお》君と一緒に売店の列に並ぶ雪音ちゃんをちらりと見る。

雪音ちゃんはすごく押尾君になついているみたいだけど……それでも、まだ私たちには家出の理由を話してくれてはいない。

冬乃《ふゆの》さんだって、いつまでも待ってくれはしないだろう。

まだ彼女からの連絡はないけれど、明日か、明後日《あさって》か……そう遠くないうちに冬乃さんが桜庭《さくらば》へ雪音《ゆきね》ちゃんを迎えに来る。

もちろん、焦っちゃいけないのは分かってるけど、でも……

「ま、確かに親離れはあの子とあの子の親の問題で、私たちにできることなんてないけどさ、でも、あの子の親離れの手助けぐらいならできると思う」

「手助け？」

「そう！　こはるはさしずめオビ＝ワンってわけよ！」

「おびわん……？」

わさびの言ってることは、やっぱりちょっと分からなかったけれど、

「……私、雪音ちゃんをちゃんと手伝えるのかな」

雪音ちゃんの親離れを、対話を、和解を、私は手助けすることができるのだろうか？

そんな不安から出た、私の弱音を、

「――大丈夫でしょ、こはるなら」

みおみおはすっぱりと斬《き》り捨てた。

「こはる、見た目よりずっと不器用だけど、見た目よりずっと一生懸命だし、そういうのって私らより子どもの方がよく分かるんじゃない？　知らないけどね」

「みおみお……」

私は思わず言葉を失ってしまう。

口調こそぶっきらぼうなものの、まさか彼女からそんな風に褒《ほ》められるとは思ってもみなかったのだ。

他でもない、かつて私を「いばら姫」と揶揄《やゆ》した彼女から……。

「――フォンフォンフォンフォン、ツンデレみおみお発見、救出するでチュ、チュピピピピ」

「ぶっ飛ばすわよわさび……」

「偉いねぇみおみおはぁ」

「ひばっち頭撫《な》でるなっ！」

まあ、二人にからかわれたらすぐにいつも通りのみおみおに戻ってしまったけど。

「……ありがとうねみおみお、私頑張るよ」

「ふんっ」

みおみおはぷいっとそっぽを向いてしまう。

ホント素直じゃないなぁ。

拗《す》ねるみおみおを温かい目で見守っていたら、ちょうど押尾《おしお》君と雪音ちゃんが戻ってきた。

「皆お待たせ、飲み物買ってきたよ」

「ありがとう颯太《そうた》君！」

「あとは上映時間を待つだけですね」

「雪音《ゆきね》ちゃんもありがとうね！」

考えてみれば映画館で映画を観《み》るなんていつぶりだろ？

それに何気に押尾《おしお》君との初映画デートじゃないかな⁉　ワクワクしてきた！

「ところで今日観る映画ってどういうジャンルなの？」

そうだ、流されるがまま来てしまったから肝心のことを忘れていた。

まあ当時九歳だった雪音ちゃんの観たがる映画というぐらいだから、きっと可愛《かわい》らしいアニメーション映画とかそんな感じだろう。

なんて風に考えていると……偶然、ロビーの片隅に見知った人物を見つける。

「？　……ねえ、颯太《そうた》君あれ」

「うん？」

「もしかしてあそこにいるの、ツナちゃんじゃない？」

「……あ、ホントだ」

小柄な彼女の動きに合わせてひょこひょこ躍るサイドテール、間違いない。

「おーい、ツナちゃーん」

「……？　‼　こはるんっ⁉」

ロビーの隅っこでなにやらそわそわしていた彼女は、こちらに気付くと、ぱあぁっと表情を明るくして、小走りに駆け寄ってくる。

まるでこの前水族館で見たペンギンみたいだ。

「ややっ！　ソータ先輩まで！　奇遇ですね！　そしてそこにいるのは……」

「おお、桜華祭《おうかさい》ぶりだねツナちゃん」

「――厄介オタクっ‼」

ぼ、暴言⁉

ツナちゃんがわさびを見るなり開口一番に暴言を‼

「あはは、キミがそれ言う～？　ああ、そういえば桜華祭のお化け屋敷見に行ったよ、あれどーせほとんどキミの趣味でしょ？」

「だ、だったらどうしたっていうんですかっ⁉」

「オタク全開すぎて私ちょっと引いちゃいました～、特に入り口付近にあった鏡の血文字ね！あんなの誰が元ネタ分かるっていうのさ」

「ギィ―――っ！　易しい部類ですよ易しい部類！　私にだって社会性があるからパンピーの皆様にも分かりやすいようメジャーな題材をチョイスして……！」

「オタク顔真っ赤（笑）」

「ギギィ―――っ‼」

……桜華祭ぶり。

目が合った瞬間、二人のオタクによる大舌戦が幕を開けてしまった。

なんだかすごいデジャヴを感じると思ったら……あれに似ている、公園とかでたまに見る小型犬同士の喧嘩《けんか》に……。

「ええと……こはるさん？　だ、大丈夫アレ？　止めなくても……」

「うん、大丈夫だよ颯太《そうた》君、あれがオタク同士のコミュニケーションらしいから」

「そうなの……？」

そうらしいよ、私も初めて見た時は面食らったけど。

その証拠に——きっといつものことなんだろうな——みおみおとひばっちなんかまったく動じてないもんね。

「ねえこはる、わさびとじゃれあってるあの子誰？」

「あの子はツナちゃん、一年生の十麗子《つなしれいこ》ちゃんだよ、夏休みにバイト先が一緒で、そこで仲良くなったんだ」

「へえぇ、ツナちゃんっていうんだぁ、可愛《かわい》いねぇ」

「ね！　可愛いよね！」

怒ったチワワみたいで。

……とはいえ、こんな場所でいつまでも「コミュニケーション」をさせていては他のお客さんにも迷惑なので、ここらへんで一旦《いったん》止めておかないと。

「ツナちゃんもなにか映画観《み》に来たの？」

「――そうなんですよっ！」

ついさっきまで犬歯を剝《む》き出《だ》しに「ううう」と唸《うな》っていたツナちゃんだったけど、一転して再びぱああっと表情を明るくさせた。

私、ちょっとずつオタクの人との接し方分かってきたかも。

「聞いてくださいよ！　あの！　伝説の映画が！　年末限定のリバイバル上映！　こんなの炬《こ》燵《たつ》で丸くなってる場合じゃありませんよっ!?」

「年末限定のリバイバル上映……？　それってもしかして」

「――コンジウム、ですか」

さっきのわさびの再現だった。

雪音《ゆきね》ちゃんが答えると、ツナちゃんがすさまじい反応速度で、しゅばばばっ！　と雪音ちゃんにすり寄る。

「そう!!　それです!!　コンジウムです!!　よくご存じですね!?　というかどなたですか!?」

「こんべるじゅ～、はじめまして佐藤《さとう》雪音です、よろしくお願いします」

「佐藤……？　……こはるん!?　まさか!?」

「そのくだりもうやったんだよツナちゃん、雪音ちゃんは従姉妹《いとこ》……って」

……ちょっと待って？

冷静に考えたら、ツナちゃんも私たちと同じ映画を観《み》に来たの？

あの大のホラー好きのツナちゃんが？

それって、まさか……？

「――うん、コンジウムはバキバキのホラー映画だよ」

私の視線を受けて、わさびはあっけらかんと答えた。

そしてそれは、どうやら演劇部の面々も知らされていなかったらしい。

どこか呆《あき》れた風なみおみおはともかく、あのおっとりしたひばっちが、この世の終わりぐらい驚いていた。

「はぁ……やっぱりね、タイトルの時点でなんとなく予想ついてたわよ」

「わ、わわわわわ、わさびぃっ!?　なんでぇ!?　なんで最初からホラーって教えてくれなかったのぉ!?」

「だってひばっち、ホラーって知ったら絶対にこなかったじゃん」

「……!?」

全く悪びれる様子なく言うものだから、私もひばっちも啞然《あぜん》としてしまった。

私だって知っていれば絶対にこなかった。当たり前だ。

だって私は――ひばっちと同じく、ホラーが大の苦手なのだから。

「コンジウムは圧倒的臨場感のドキュメンタリー風ＰＯＶホラー！　公開当時は劇場内での失

神者が続出したほどで、世界に韓国《かんこく》ホラーここにアリと示した大傑作です！」

「最初は小さな劇場でしか上映してなかったんだけど、あまりに怖すぎる映画ってことでSNSでバズって、最終的には国内のホラー映画の興行収入記録を塗り替えちゃったもんね」

「公開後、関係者が次々と不幸に見舞われた曰《いわ》くつきの映画とも聞きました、私はまだ見たことがありませんが、大変興味深いです」

いつの間にかオタクが三人に増えて、やいのやいのと盛り上がり始めた。

揃《そろ》って小柄なので、さながら三匹の小型犬が仲良くじゃれ合っているようだが……話している内容がおぞましすぎる！　私にはケルベロスに見える!!

これはよくない流れだ！

「颯太《そうた》君こっち！」

「うわっ」

私は雪音《ゆきね》ちゃんがオタク談議で夢中になっている間に押尾《おしお》君を引っ張ってくる。

——緊急作戦会議だ。

「どっ……どうしよう～～!?　私ホラー大の苦手なんだけどおおお……!?」

「……ちなみにだけどどれぐらい？」

「泣く！　叫ぶ！　絶対にっっ！」

「……チケット、こはるさんの分だけでも払い戻せるか確認してくる」

「そんなことしたら雪音《ゆきね》ちゃんの頼れるお姉さんじゃなくなっちゃうううう……！」

「難儀な……じゃあこうしよう、雪音ちゃんは丸山《まるやま》さんかツナちゃんの隣に座ってもらって、こはるさんの席から離す、そうすれば多少驚いても雪音ちゃんにはバレないんじゃない？」

「ううう……本当は見たくもないんだけど……でもそれしかないよね、分かった……！」

苦渋の決断だ。

作戦会議、終了。私はオタクトークで盛り上がる雪音ちゃんに声をかける。

それも努めて自然な笑顔で……

「さ、三人とも仲がいいねぇ」

「こはるお姉ちゃん」

「どう？　もしだったら雪音ちゃん、わさびかツナちゃんの隣で映画を観《み》るっていうのは？　せっかくの映画なんだから気の合う人の近くで観たほうが、楽しいんじゃないかな？」

完璧《かんぺき》、我ながら完璧な流れだった。

……だけど。

「え？　ダメですよこはるん、ボクもうチケットとってありますもん」

「えっ」

「ああ、私も何日も前にとっちゃった、せっかくだし最高の席で観たかったから」

「えっ、えっ」

「……というか今はこはるが雪音ちゃんの保護者なんだから隣にいないとまずくない？」

「!?」

せ、正論!?

さっきまで公衆の面前で恥ずかしげもなく言い争ってた人とは思えないほどの、正論!!

じゃっ……じゃあひばっちかみおみおは……!?

「おーよしよしひばっち、私が隣で手握っててあげるから、ね？　我慢できなかったら途中で抜けよう？」

「うん……うん……！　ありがとうみおみおぉ……私頑張ってみるぅ……」

「……!!」

すでに向こうでワンペアが完成してる!?

ということは……!?

最悪の予感に手指が冷たくなるような感覚に襲われていると……ぎゅっと手を握られた。

視線を向けると、こちらを見上げる雪音ちゃんと目が合う。

彼女の大きな黒い瞳《ひとみ》は、キラキラと、今までにない輝きをたたえていて……

「映画楽しみですね、こはるお姉ちゃん」

「……………………うん、そうだね」

我ながら笑顔を作れたのは偉いと思う。

押尾《おしお》君がすれちがいざま、憐《あわ》れむように「ごめん……俺の手、握ってもいいからね……」と声をかけてくれる。

まもなく上映時間、死刑執行を待つ囚人の気分だった……。

♠

「――たいへん、素晴らしい映画でした」

約90分の上映が終わり、シアターから出てきた雪音《ゆきね》ちゃんの第一声はそれだった。

素晴らしい……

素晴らしい、か、そうか……。

これはいま一度、その言葉の意味について考え直す、いい機会なのかもしれない。

「あああああぁっ……！　みおみおぉ……！　怖かったよおぉ……！」

「あーあー、よーしよーし、ひばっちもう大丈夫だからねー、もう終わったからねー」

向こうでボロボロに泣き崩れる樋端《ひばた》さんを五十嵐《いがらし》さんがあやしている。

「いや――……やっぱ最高だわ、すごいねあの監督」

「ええ、あんな職人芸をまたスクリーンで観《み》られるなんて……」

「良かった」

「良かったですね」

更に向こうでは、丸山《まるやま》さんとツナちゃんがしみじみ映画の余韻に浸っている。

もちろんこんなのはごく少数派で、周りは阿鼻叫喚《あびきようかん》の地獄絵図だ。

あまりの恐怖にシアターから出てくるなり腰を抜かす者、過呼吸を起こす者、えずく者、やたら背後を気にする者、うずくまって微動だにしなくなる者……さまざまである。

とてもじゃないが、一年の締めくくりの光景とは思えない。

俺も、割りと耐性のある方だと思っていたけど……ダメだ、心臓がまだバクバクいっている。

間違いなく人生で一番怖い映画だった。

しかし誰よりも重症なのは他でもない、佐藤《さとう》さんである。

「――終わったね、じゃあみんな帰るよ」

佐藤さんが冷淡な口調で言う。

その佇《たたず》まいは、さっきまでの表情豊かな佐藤さんとは違い、まるで氷の女王といった風情。

この世全てを冷笑するような、そんな顔をしていた。

「……すごいですねこはるお姉ちゃんは、眉《まゆ》一つ動かしていません」

「いや、あれはなんというか……ううん、なんでもない」

「?」

言っても理解できないだろう。

あれは「恐怖が大幅に許容値を逸脱した結果、自己防衛本能が働いて塩対応になった状態」だなんて……。

その証拠にほら、こんなに塩対応顔なのに俺の手だけは強く握りしめて離さないし……。

「私ですら何度か驚いてしまったのに、こはるお姉ちゃんは実にクールです」

「はは……」

……まあ雪音《ゆきね》ちゃんの憧《あこが》れをあえて壊す必要もないか。

「改めてお礼を言います、連れてきてくれてありがとうございました」

「雪音ちゃん、そんなにかしこまらなくて大丈夫だってば、俺たちも楽しんでたんだから」

「そう言ってくれると助かります、私としても配信のネタができて万々歳です」

「相変わらず大人びてるなぁ……うん？　配信のネタ？」

それってどういう……聞き返そうとしたその時。

——突然、「ぐうううううっ！」と地鳴りのような音が鳴り響いて、俺たちはびくんっ！　と跳ねた。

塩対応状態の佐藤《さとう》さんですらぴょんっと垂直に跳ねた。それぐらい大きな音だった。

「なにごと!?」

「あ、ごめん私のお腹の音」

「ふえええええぇ……！」

「わさびっ!!　せっかく泣き止ませたのにひばっちまた泣いちゃったでしょうが!!」

「仕方ないじゃーん生理現象なんだからさー」

「生理現象か……よかった……天変地異かと思ったよ……」

「──そだ！　せっかくだしみんなでお昼ご飯いかない？」

丸山《まるやま》さんの提案を受けて腕時計を見る。確かにもういい時間だ。

「ね、ツナちゃんもおいでよ〜、オタクトークしようぜ〜」

「え!?　ボクみたいなオタクがついていってもいいんですかっ!?」

「いいに決まってんじゃ〜ん、同じ映画観《み》た仲でしょ？　みおみおとひばっちもいいよね？」

「いいわよ、ひばっちが落ち着いたらね」

「う、うぐ、ひっぐ……」

「わあい！　ボク友達と外食なんて初めてですっ！　こはるんもソータ先輩も雪音ちゃんも行きましょうよ！」

「そうだね、そろそろいい時間だし行こうか、こはるさんもいいよね？」

「行く」

あ、まだ微妙に塩対応モードだ、でも行くには行くっぽい。

となればあとは雪音ちゃんだけど……

「……颯太《そうた》お兄ちゃん、お願いがあります」

「ヴっ！」

後ろから不意打ちを食らってそのまま心臓が止まりかけた。ギリギリ持ちこたえる。

「な、なにかな雪音《ゆきね》ちゃん……？」

腰をかがめて雪音ちゃんと目の高さを揃《そろ》える。

するといつも淡々とものを言う雪音ちゃんは……珍しくおずおずと口を開いた。

「……実は私、桜庭《さくらば》駅前までできたら一度行ってみたいお店があったんです」

「そうなの？」

「はい、東京にいた頃から密《ひそ》かに憧《あこが》れていました。いつかこはるお姉ちゃんのおうちへ遊びに行く機会があれば、一度は足を運んでみたいと……」

「――ちょうどいいじゃん！」

話を聞いていた丸山《まるやま》さんが、代わりに答えた。

「私たちも別にお店決めてたわけじゃなかったし！　そこにしちゃおうよ！　ねえ皆!?」

俺が答えるまでもなく、皆すっかり乗り気のようだ。

だいたい、そんなにも可愛《かわい》らしく頼まれて断るわけがないじゃないか。

「行こう雪音ちゃん、せっかくの年末だもん、思い出作ろうよ」

「……！　はい！」

雪音ちゃんは、やっぱり能面のような無表情だったけど、その声は弾んでいた。

だんだんと雪音ちゃんの感情表現が分かってきて嬉《うれ》しい。

「それじゃあ決まりだね」

……でも、雪音ちゃんが東京にいた頃から憧れていたお店、か。

桜庭駅前にそんな有名店あったっけ？


「――あい、赤鬼らーめん・極限焦熱地獄《きょくげんしょうねつじごく》おまたせいたしゃしたー」

威勢のいい店員さんが、テーブルに並べていく。

丼《どんぶり》に入った、人数分の小さな地獄を……。

「……」「……」「……」「……」

「……」「……」「…………赤っ」

ぼこぼこと煮立つ、マグマみたいなスープを覗《のぞ》き込んで、固まる俺たち。

その一方で雪音ちゃんは小さな手で、しゅりしゅりと割り箸《ばし》をこすり合わせながら、

「うわあ、おいしそうですね」

なんて言っている。

……あ、分かる。

いつも通りの無表情だし、声に抑揚もないけれど……今雪音ちゃんが心の底から楽しんでいることだけは分かる……。

嬉《うれ》しいなぁ、俺も雪音《ゆきね》ちゃんのことだんだん分かってきたみたいだ……。

——という現実逃避はともかく、俺たちは目の前の問題に対処しなくては。

「……これ、美味《おい》しそうなんだ……」

そんな疑問が、思わず口を突いて出てしまう。

美味しそう以前に、そもそも人間が食べていい物に見えないんだけど。

赤い、いや紅《あか》い。

名前の通り、煮えたぎる地獄の釜《かま》みたく紅い。

あの雪音ちゃんが目当てにしていたという時点で、気付くべきだった……長く桜庭《さくらば》に住む俺たちが知らないはずだ。

だってこの『らあめん赤鬼堂《あかおにどう》』は、知る人ぞ知る、全国の激辛マニアの間での有名店だったのだから！

……っていうか今思い出したけど昨晩雪音ちゃんが買おうとしてた鍋《なべ》の素《もと》！　あれ『赤鬼堂監修』って書いてあったよな!?　あれ伏線だったの!?

しかしそんなこと今さら気付いたところで後の祭り、俺は皆と目を見合わせた。

「……この中で辛いの得意な人」

「……」「……」「……」

「……」「……」

「――よし！　頑張ろう！」

俺の合図で、みんなが各々の地獄……もとい激辛ラーメンに挑む。

こういうのは勢いだ！　脳が辛さを認識するよりも早く――――！

「ぶふっ!?　げほっげほっ!!」

撃沈。

慣れないことはするものじゃない。

「みんな今の見たでしょ!?　麺《めん》はすすらないで！　押尾《おしお》君みたいになるよ！」

「ひぃぃ……！　みおみおこれ辛すぎるよぉぉ……！」

「ひばっち！　水飲むと舌の粘膜が流されて余計辛くなる！　ここは堪《こら》えて！」

「ひぎぎぎ……！　空気が痛い……！　食道が焼ける……！」

「わさび喋《しゃべ》っちゃダメ！　口呼吸も抑えて！　丼《どんぶり》の直上ではなるべく呼吸しないように！」

「……お父さん……助けて……」

「ツナちゃんしっかり!?」

地獄……まさしくここが地獄そのものであった。

今日は大晦日《おおみそか》だよな？　年末というのはもっとこう、穏やかに新年を迎えるために過ごすものではないのか？　俺たちはどうしてこんなことを……？

佐藤《さとう》さんだけはかろうじてさっきの「塩対応」モードを維持して、黙々とラーメンを食べ進めているけれど……あ、ダメだ、唇がぴるぴるいってるし、ちょっと涙目だ。

恐るべきは、こんな悪魔の食物をまるで普通のラーメンみたくつるつるすする雪音《ゆきね》ちゃんのポテンシャルである。

「ずっとここに来てみたかったんです、ようやく夢が叶《かな》いました」

「ぞ……ぞう、よがっだねっ……！」

普通に喋《しゃべ》ったはずなのに、喉《のど》が破壊されていて声がガビガビになってしまった。

雪音ちゃん、ホントになんで汗一つかかずにそれ食べられるの……!?

「おいしいですね、颯太《そうた》お兄ちゃん」

「…………はい」

本当に、末恐ろしすぎる小学生だった。


（ここから30分間、見るに堪えない光景が続くため割愛）


「ごちそうさまでしたっ……！」

豪快にお冷《ひや》を飲み干し、五十嵐《いがらし》さんがフィニッシュを決める。

彼女はなんと驚くべきことに、自分のぶんを完食しただけに留《とど》まらず、辛い物が苦手でなおかつ少食な樋端《ひばた》さんが食べきれなかったぶんまで綺麗《きれい》に平らげてしまったのだ。

さすがは演劇部部長、さすがは元アスリート……。

俺たちには、ただただ食道の痛みに耐えながら尊敬することしかできなかった。

なにはともあれ、これで全員完食だ。

「じゃあ出ましょうか……！」

「そうしよう……」

「ありゃしたー！」

威勢のいい店員さんに見送られながら、俺たちは店を出る。

全員が満身創痍《まんしんそうい》だった。元気なのは雪音ちゃんだけだ。

「ふう、身体《からだ》が芯《しん》から温まりました、辛い物を食べると、全身から力が湧《わ》いてきますね」

「口の中が痛いよぉ……」

「なんか目がチカチカする……」

「でも……ちょっと、楽しかったわね」

「……ボク、結構ハマるかもしれません」

「ツナちゃんマジ……？　あんなに震えてたのにすごいね……こはるさんは……？」

「……」

あ、聞くまでもなくダメそう。

他の皆も体力が限界に近いらしく、そろってうつろな目をしている。

なら、

「解散……しよっか」

「……そうね」

「じゃあ皆の衆、ばいばーい」

「ボクも帰ります、ではでは」

各々さらりと別れの挨拶《あいさつ》を交わし、おぼつかない足取りで帰路へと就いた。

残ったのは俺と佐藤《さとう》さんと雪音《ゆきね》ちゃん、最初の三人だ。

さっきまでがたいへん賑《にぎ》やかだったぶん、ほんの少し寂しくなる。

「俺たちもそろそろ帰ろうか、こはるさん」

「……うん、そうしよう、そろそろ冷えてくるころだし」

どうやら佐藤さんの塩対応モードも、ここにきて少しずつ解除され始めたようだ。

「じゃあ雪音ちゃん、そろそろおうちに帰ろうか」

「……」

佐藤さんが雪音ちゃんの顔を覗《のぞ》き込みながら言うと……雪音ちゃんは伏し目がちになって、ぎゅっと、俺と佐藤さんの手を握りしめた。

「……まだ帰りたくないです」

「え？　もしかしてまだ行きたい場所あった？」

「辛いのはもうダメだよ、絶対、絶対にね、私が食べたくないとかじゃなく雪音ちゃんのために、ね？」

おお……佐藤さん目がマジだ……。

でも、雪音ちゃんはふるふるとかぶりを振って、かぼそい声で言う。

「行きたい場所は……特にないです、でも」

「でも？」

「……まだ、東京には戻りたくありません」

やっぱり雪音ちゃんの表情は読めない。

しかし、その声は切実だった。

「子どものわがままなのは分かっています、でも、まだこはるお姉ちゃんや颯太《そうた》お兄ちゃんと離れたくないんです。コミュニケーションが下手でごめんなさい、私、二人にはまだ話したいことがたくさんあって……」

雪音ちゃんが更に強く、俺と佐藤さんの手を握りしめる。

……改めて小さな手だった。

ホラー映画や激辛ラーメンに表情一つ変えずとも、彼女もまた年相応に子どもなのだと、そう感じさせる手だ。

「雪音ちゃん……」

佐藤《さとう》さんが雪音《ゆきね》ちゃんの正面に回り込み、腰を屈《かが》めて、雪音ちゃんと目の高さを合わせる。

雪音ちゃんは……説教されると思ったのか、あからさまに身体《からだ》をこわばらせた。

でも違う、佐藤さんは優しく微笑《ほほえ》んで言った。

「……雪音ちゃん、帰ろうっていうのは、私のおうちにだよ？」

「え……？」

雪音ちゃんは鳩《はと》が豆鉄砲でも食らったかのように驚いている。

その反応、まさか本当にこの流れで東京へ送り返されると思っていたのだろうか？

雪音ちゃんも満足しただろうからそろそろ家に帰ってもらおう――。

俺たちがそんな風に切り出すのではないかと、怯《おび》えていたのだろうか。

だとしたら、それは勘違いだ。

「……年越しそばを、作ろうと思うんだよ」

俺はそう言って、佐藤さんと同じように雪音ちゃんと視線の高さを合わせる。

「年末だからね、お雑煮も作らなきゃ。あと年末特番も見ないとだし、初詣《はつもうで》もしたいね、やることが山積みだ」

「それって……」

俺は佐藤さんと目を見合わせる。きっと思っていることは同じだった。

雪音ちゃんは俺たちが思っているよりも子どもで……

そしてやっぱり、俺たちが思っているよりずっと大人だ。

だからきっと、突然家に押し掛けたことも、家出の理由を話せないことも……気にしていないように振る舞っていただけで、彼女の中で相当なプレッシャーとなっていたのだろう。

だったら、

「別に話したくないなら無理して話さなくたっていいよ？　だって俺たち、雪音ちゃんと遊びたいだけだもん」

「遊びたいだけ……？」

「だよね？　こはるさん」

「もちろん！　雪音ちゃん年越しはどうやって過ごそうか？　オセロとかトランプやる？　私結構早い時間に眠くなっちゃうから今日は頑張って起きてないとなあ」

「……本当に、いいんですか」

雪音ちゃんが再び問いかける。

「本当にいてもいいんですか……？　私その、小学生で、家出してて、お母さんにも心配かけてて、こはるお姉ちゃんにも颯太《そうた》お兄ちゃんにも、たくさん迷惑を……」

……きっと、俺たちは最初から背伸びをしすぎたのだ。

一時的に雪音ちゃんの保護者にでもなったつもりだった、もっと言えばオトナぶっていた。

それが雪音ちゃんの負担になっているとも知らず。

だから俺は……雪音《ゆきね》ちゃんに微笑《ほほえ》みかけるのではなく、まるで友達にやるように、にっかりと笑いかける。

「――そういう普通のことを気にするのは大人の仕事、俺たち子どもには関係ないよ」

雪音ちゃんは俺たちの可愛《かわい》い妹で、そして対等な友達だ。

だから、

「だからさ、俺たちはそんなの気にせず一緒に遊んで、それで気が向いたら色々話してよ、その時は友達として相談に乗るからさ」

「ふふ、私が言いたかったこと、全部颯太《そうた》君に言われちゃった。でも、そういうことだよ。冬《ふゆ》乃《の》さんからの連絡もないし、もう少しぐらい一緒に遊んだって、許してくれるよ」

「颯太お兄ちゃん、こはるお姉ちゃん……」

雪音ちゃんの言葉から、視線から、俺たちへの信頼を感じた。

……ああ、なんだか今、ようやくスタートラインに立てた気がする。

初めはとんだ年末だと思ったけれど、これなら案外……

「――いいえ、悪いけどもう帰る時間」

背後から聞こえてきたその声は、まるで氷柱《つらら》のように鋭く、透き通って、そして凍《い》てついて

いた。

……不思議なことに、俺は彼女のことをなにひとつ知らない。

にもかかわらず、その声が聞こえた瞬間、雪音《ゆきね》ちゃんや佐藤《さとう》さんの反応を見るよりも、そして自身が振り返るよりも先に予感がして、

「冬乃《ふゆの》……さん……」

そして佐藤さんの呟《つぶや》いた言葉で、確信した。

——俺たちの背後には、桜庭《さくらば》という田舎には明らかに場違いな、妙齢の女性が佇《たたず》んでいた。

まるで女性誌の表紙から飛び出してきたような人だった。

すらっとした白のパンツに黒のロングコート、そしてヒールの高い靴……。

ともすれば野暮ったくもなりそうなオフィスカジュアルのコーディネートが、彼女の下ではあまりに様になりすぎている。

それというのも、彼女はあまりに美しすぎた。

日本人離れした長い手足に、コート越しにも分かる細身の身体《からだ》。

そしてなによりも目を引くのは、雪のように白い肌と背筋が冷たくなるほどの美貌《びぼう》だ。

それはちょうど、雪音ちゃんが大人になればこうなるだろうと思わせるもので……。

「お母、さん……？　どうしてここに……」

「迎えにきた」

彼女は……佐藤冬乃さんは、雪音ちゃんの問いにそれだけ答えた。

……これは佐藤さんや雪音ちゃんが怯《おび》えるはずだ。

俺は彼女の声を電話越しに少し聞いただけだけど、実物は迫力がまるで違った。

はっきり言って、怖い。完璧《かんぺき》すぎて怖い。対話の余地なんて一切ないように見える。

しかし――それでも佐藤さんは立ち向かった。

「ふ、冬乃さん！　ちょっと待ってください！　話を……」

「待った、約束通り、丸一日も」

「でもせめて事前に連絡ぐらい……！」

「それはごめんなさい、でもまた雪音に逃げられたら、たまらないから」

「……っ」

短いながらも、有無を言わさない口調だった。

冬乃さんは眉間《みけん》に刻まれた深いシワを揉《も》みながら、「ふぅ――――」と細く息を吐き出す。

「もう遊びの時間は終わり、雪音、東京に帰るわよ」

「でもお母さん、私……」

「――でも？　でも、なに？」

鋭い眼光に、雪音ちゃんがびくっと肩を震わせる。

「私は譲歩した、あなたのわがままに譲歩して、家出に目を瞑《つむ》った、お互い距離を置いて頭を冷やす時間まで設けた。そのうえまだ、私に譲歩しろと？」

「そういう……わけじゃ……」

「言いたいことがあるなら、聞く準備もしてある。こんな風に、わざわざ迎えにまできた。山積みの仕事を放って、新幹線に乗って」

「……」

「それでもまだ足りない？」

……よその家庭の事情に口を出してはいけないと、頭の中では分かっている。

分かってはいるけれど、それは……親子の対話というには、あまりに一方的だった。

雪音《ゆきね》ちゃんはもう、話し合いなんてできる状態ではない。

「ふ、冬乃《ふゆの》さんっ！　そんな責めるみたいな言い方、あまりに酷じゃないですか!?　雪音ちゃんがかわいそうですよ！」

「こはるちゃん、責めるみたいじゃなく実際に責めてるの、子どもに説教をするのも大人の役目でしょ」

「……っ」

絶対零度、取り付く島もない。

「さあ、もう帰るわよ東京に、言いたいことがあるならそっちで聞く、これ以上は私も我慢できない」

「でも……お母さ」

「――弁《わきま》えなさい。あなた、ソレにも気付けないほど子どもなの？」

「えっ……」

……よその家庭の事情に口を出してはいけない。

そんなこと、分かっている。

「みんな大人だから口に出して言わないだけ、あなたに気を使って、合わせてあげてるだけ」

……分かっているけど、でも、それは、

「私はあなたの親だから、周りの優しい大人たちに代わって言う義務がある」

……その台詞《せりふ》だけは、

「誰も言わないけど、あなたがここにいるだけで、多くの人に迷惑がかかるの――」

「――どうして決めつけるんですか？」

いよいよ、我慢できなかった。

佐藤《さとう》さんが、冬乃さんが、雪音ちゃんが、一斉に俺の方を見る。

「颯太《そうた》君……!?」

「颯太お兄ちゃん……」

驚く二人、冬乃《ふゆの》さんにいたっては、そこで初めて俺の存在に気付いたようである。

「……あなたは？」

「はじめまして、こはるさんのカレシで、押尾颯太《おしおそうた》といいます。昨日から雪音《ゆきね》ちゃんと一緒に行動させてもらってます」

「カレシって……あなたね」

冬乃さんが鼻で笑う。

その反応は分かる、俺も自分でおかしいと思う。

親戚《しんせき》である佐藤《さとう》さんはともかく、俺に関してはまったく赤の他人だ。

それでも、それを加味したうえでも、さっきの冬乃さんの発言は看過できなかった。

「すみません、俺はあなたが言うところのよそ様ですが、冬乃さんがあまりにもおかしなことを言っているもので、つい口を挟んでしまいました」

「一応聞くけど、おかしなことって？」

「どうして決めつけるんですか？　雪音ちゃんだけじゃなく、周りの人の気持ちまで」

「……ばかばかしい、分かり切ってるでしょ」

「そうですか？　今誰よりも雪音ちゃんの近くにいる俺もこはるさんも、これっっっっっぽっちも迷惑に思ってないのに？」

「それは……」

冬乃さんが、一瞬言葉に詰まる。

「……あ、あなたたちは子どもだからただ遊んでいればいいだけでしょ、大人は違う、いろんな問題について考えないといけないの」

「また決めつけましたね、今ので確信しました」

「なにを」

俺は雪音ちゃんの表情をちらりと窺《うかが》う。

彼女は――明らかに怯《おび》えていた。

……安心してくれ、雪音ちゃん。

俺が、大丈夫にするから。

「――あなたは大人としては正しいかもしれないけれど、親としては間違ってる」

「……っ!!」

ついさっきまで冷ややかだった冬乃さんの目が、あからさまに怒りで熱を持つ。

「……黙って聞いていれば、子ども育てたことないくせに、偉そうにっ……!」

「そうやって！　頭の上から押さえつけるようなことばかり言うから！　雪音ちゃんが何も言えなくなるんじゃないんですか!?」

「私は！　誰よりも雪音のことを思って――」

「――いいえ！　あなたのはただの過保護です！　対話の準備ができていないのは雪音ちゃ

んじゃなくて、あなたの方なんじゃないですかっ⁉」

「……っ⁉」

冬乃《ふゆの》さんが大きく動揺した、その時。

俺は雪音《ゆきね》ちゃんの手を強く握りしめて、佐藤《さとう》さんに目で合図を送る。

「——ではお母さま！　申し訳ありませんがこのあと友達とオセロやトランプを楽しみつつ夜更かしをし、年末特番と年越しそばで新年を迎え、お雑煮を食べたら初詣《はつもうで》に行く予定がありますので！　さようなら！」

俺はまくし立てるように言って、その場から逃げ出す。

もちろん、佐藤さんと雪音ちゃんの手を引いて、だ。

「あっ⁉　ちょっと待ちなさ……ひわっ⁉」

すかさず追いかけてこようとした冬乃さんだが、存外可愛《かわい》らしい悲鳴をあげて大きく体勢を崩した。

当然だ、あんな高いヒールでこの雪道を追いかけてこられるはずがない。

完璧《かんぺき》に見えた冬乃さんだが、案外抜けているところもある。

……いや、冷静そうに見えて、内心それぐらい取り乱していたということか。

「颯太《そうた》君っ‼　このあとどうするの⁉」

「バスを待ってたら捕まる‼　とりあえず近くの喫茶店に避難しよう！」

めていた。

「うん分かったたっ！」

俺と佐藤さんが雪音ちゃんを気遣いながら走る、その一方で……。

「お母さん……」

雪音ちゃんは、大通りの角を曲がるその寸前までずっと、小さくなっていく冬乃さんを見つめていた。

「――すいません三人で！　紅茶ホット三つ！　二階席使っていいですか!?」

「はっ、はい、あとでお持ちいたします……」

「行くよ二人とも！」

困惑する店員さんに素早くオーダーを伝えると、俺たちは階段を駆け上がる。

――逃げ込んだのは『Taiyo cafe』という、桜庭《さくらば》駅周辺では有名なカフェだった。

駅近というのもさることながら、オシャレで開放的な店内や、焙煎《ばいせん》にこだわったコーヒーも非常に評価が高い。

しかし今回俺がここを選んだ理由は一つ、二階席の存在だった。

二階なら仮に冬乃さんが追いかけてきたとしても、店の外から見つかることはないからだ。

それに……嬉《うれ》しい誤算。

年末だからだろう、二階には他のお客さんが一人も――いや？

「あっ」「あ」

俺と佐藤《さとう》さんが、二階席の窓際にある人物を認めて、同時に声をあげ、その反応を見て、雪《ゆき》音《ね》ちゃんが「？」と首を傾《かし》げる。

そして注目の的となった彼女は、スマホを構えながら「げっ」と露骨に嫌そうな声をあげた。

つくづく今日は、知り合いによく会う日だった。

「姫茴《ひめうい》、さん……？」

「はあー……まさか学校の外でまでバカップルに会うなんてー……」

窓際の席で深い溜息《ためいき》を吐《つ》く彼女は——姫茴薫《かおる》。

フォロワー６万人超えの有名ミンスタグラマーで、クラスメイトで、そして俺と佐藤さんの友達だ。

「姫茴さん、こんなところで何やってるの……？」

「はー——？　大晦日《おおみそか》にカフェで一人ミンスタ用の自撮りしてたらなんか悪いんですかー？」

「ご、ごごごごめんっ⁉　そういうつもりじゃっ！」

「……嫌いなのー、年末年始って家にいても落ち着かないからー」

そう言いながら、姫茴さんはスマホでパシャリと店内の写真を撮った。

「ぶっちゃけウザいんだよねー、あーいう親戚《しんせき》一同集まってみんなめでたいねーみたいな雰囲気？　フツーすぎて欠伸《あくび》出る。あいつらにポチ袋入りはした金もらってヘコヘコするぐらいなら、6万人のフォロワーのために一枚でも多く写真を撮ることの方が有意義でしょー」

お、おおお……今日も姫茴さんパンチ利いてるなぁ……。

「……あの方も、こはるお姉ちゃんのお知り合いなんですか？」

「あ、うん、私の友達の姫茴薫さん！　すっごいミンスタうまいの！」

「なんかその紹介やなんですけどー……で？　そこの子誰ー？」

「こんべるじゅ～、佐藤雪音です、こはるお姉ちゃんの従姉妹《いとこ》で小学五年生です、よろしくお願いします」

もはやおなじみとなった雪音ちゃんの謎挨拶《なぞあいさつ》。

姫茴さんはそれを、鼻で笑った。

「……ま、なんでもいいけどさー、わたし子どもってニガテ、あんまり絡んでこないでよねー」

「ひ、姫茴さんっ!?　ちょっとそういう言い方はあんまり……！」

「とりあえず突っ立ってないでどっか座ればー？　もちろんわたしからはできるだけ離れて座ってよねー」

きょ、強烈だなあ姫茴さん……。

以前のようなミンスタグラマーの「ヒメ」としてではなく、素の自分で接してくれてるってことなんだろうけど……。

まあせっかく彼女が一人の時間楽しんでいるんだ。それを邪魔するような真似《まね》はしたくない。

「邪魔してごめんね姫茴《ひめうい》さん。……こはるさん、雪音《ゆきね》ちゃん、こっちの席に座ろう」

「う、うん」

「……分かりました」

俺と佐藤《さとう》さんと雪音ちゃんは、姫茴さんの席からは少し離れた四人掛けテーブルにつく。

……ようやく、少しだけ落ち着いた。

「さきほどは、ありがとうございました」

ソファに腰掛けた雪音ちゃんがぺこりと頭を下げる。

相変わらず無表情で、彼女の心の中は読めない。はたから見れば、まるで何事もなかったようにすら見える。

でも……動揺していないはずがない。不安でないはずがない。

あんなことがあった直後だ。

「……すみません、こはるお姉ちゃん、颯太《そうた》お兄ちゃん、私、喋《しゃべ》るのが、すごく下手で……」

証拠に、たどたどしく語る彼女の声は震えていた。

「雪音ちゃん、無理しなくていいよ、話したくないんだったら別に話さなくても……」

「……いえ」

俺の言葉を、雪音ちゃんが遮る。

「私、人と喋るのがすごく下手です……ですがそれでも……二人には聞いてほしいんです……」

そして雪音ちゃんは……何を思ったのか、おもむろにスマホを取り出す。

それを手元でかつかつと操作して、

「……これを見てください」

テーブルに置いて、差し出してきた。

俺と佐藤さんは身を乗り出して、スマホの画面をのぞき込む。

……動画だ。

『は～い！　みなさんこんべるじゅ～！　今日も笑顔が百分咲き！　恋ハルヨですよ～～！　元気してました～～!?』

「これ……」

「……アニメ？」

画面には、なにやらピンクの和服に身を包んだ、いかにも快活そうな女性キャラクターが映っており、身振り手振りを交えて挨拶《あいさつ》をしている。

佐藤さんの言うように、俺も初めはアニメか何かのワンシーンだと思ったのだが……どうも様子が違う。

その動画は、画面に映った女性がこちらに向かって、喋り続けるだけなのだ。

それにこの声と独特な挨拶、どこかで聞いたような……。

「――私です」

「えっ？」

「その画面に映ってるの、私なんです」

……雪音《ゆきね》ちゃんの真剣な面持ちを見る限り、今おそらく、彼女はなんらかの衝撃の告白をしているのだろう。

でも、俺も佐藤《さとう》さんも、彼女が何を言っているのか理解できない。

「いわゆる、2Dキャラクターアバターというやつです」

「いわゆる、と言われましても……？」

「私がスマホのカメラに向かって動くと、モーションキャプチャーで画面に映ったキャラクターも同じ動きをします、こんな具合に」

「!? ほ、ほんとだ!?」

「ちょっ、ちょっと待って！ もしかしてさっきのどこかで聞き覚えのある声も……」

「お察しの通り、ボイスチェンジャーを通した私の声です。私の素の声は、さすがにそのまま使うには幼すぎるので」

「す、すご……」

正直説明を受けてもなおチンプンカンプンだけど……

とにかく小学五年生である雪音ちゃんがしっかりとその原理を理解し、スマホ上でまったくオリジナルのキャラクターを動かしていることだけは分かった。

デジタルネイティブっていうけど、まさかここまでとは……。

「本当に、アニメのキャラクターみたいだ」

そしてなにより驚いたのは、そのキャラクターが今目の前にいる雪音ちゃんのイメージとは全くの真逆だったことだ。

スマホの中の彼女は快活で、ボディランゲージも大きく、表情豊か、おまけに素晴らしく饒舌《じょうぜつ》だった。同じ人間でここまで変わるなんて、と驚嘆せざるを得ない。

「す……すごいよ雪音ちゃん！　天才！　本当にアニメの世界に入ったみたい！　……でもこれがどうしたの？」

「これが、原因なんです」

「……どういうこと？」

俺と佐藤さんが眉《まゆ》をひそめると、雪音ちゃんは一つ「ふぅ――――」と息を吐き出して、そして、ゆっくりと語り始めた。

「長くなりますが、話します、私が家出をした理由……」

❄

「――雪音ちゃんは、どうして笑わないのかな？」

幼稚園の先生が、まるで「笑顔とはこうするんだよ」と言わんばかりに、満面の笑みを浮かべながら、そう尋ねてきたのを覚えています。

……不思議な問いかけでした。

たとえるなら「どうして逆立ちして歩かないの？」とか「どうしてジュースを鼻から飲まないの？」とか、そんなことを聞かれている気分です。

だからわたしは端的にこう答えました。

「必要ないから」

――その夜、家に帰るとお母さんに問い詰められました。

どうやら幼稚園の先生が、その問答の一部始終を伝えたようです。

「ねえ雪音《ゆきね》ちゃん、もしかして幼稚園楽しくない？」

私はふるふると首を振りました。幼稚園は楽しいからです。

「じゃあ、嫌な人がいる？」

私はふるふると首を振りました。幼稚園の先生も友達の皆もいい人です。

「じゃあ、どうして？」

どうして？

その問いの意味だけは分からず、私は困惑してしまいました。

するとお母さんは、どこか困ったような、憐《あわ》れむような風に言いました。

「あのね雪音ちゃん、人は普通、楽しければ笑うし、悲しければ泣く、そして嫌なことがあれば、怒るの」

「そうなの？」

初耳でした。だって私は、どれもしたことがなかったから。

楽しいは楽しい、悲しいは悲しい、嫌なことは嫌。

ただそれだけのことに、まさかそんな難しいルールがあるとは思っていなかったから。

「そうしないと、悪いの？」

「……まあ、悪いかな、普通に生きていくうえではね」

「そうなんだ」

お母さんはことあるごとに「普通」という言葉を使う。

幼い頃の私でも、その「普通」がお母さんの中で大切なものであることは、理解できた。

「普通、普通が一番いいわよ……ね、雪音ちゃん」

「わかった」

私は特にそうは思いませんでしたが、まあお母さんが言うからにはそうなんでしょう。

その日から、私はお母さんに教えられたルールを実践しようと努力し始めました。

ですが……どうしてもできませんでした。

この話をすると、大人はたいてい「何故《なぜ》そんな簡単なことができないの？」と聞いてきますが……

私からしてみれば「何故《なぜ》そんな難しいことができるの？」という具合です。

何度試してみても、うまくできません。

それに、特に日常生活で困ることもないので、すぐに諦《あきら》めました。

「……なにか、大きなストレスでもあるんじゃないでしょうか」

ある日のことです。

幼稚園の先生が深刻そうな表情でお母さんに相談している場面に、偶然遭遇しました。

「やっぱりおかしいですよ、少しも笑わないし、泣かないんです。家でもそうですか？」

「ええ、まあ……はい」

「……専門にいた頃に本で読んだんですけどね、そういったお子さんは、生育の過程で大きなストレスを受けて、無意識的に感情を抑圧している場合があるんです、何か心当たりは？」

「いえ、あの、私には特に、なにも……」

「そうですか……」

「……」

「た、例えばお母さん自身が、何かストレスを抱えているとか、そういったことは……」

「……ウチが母子家庭だからですか」

「はい？」

「それは暗に、ウチが母子家庭だから雪音《ゆきね》を粗末に扱ってるんじゃないかと、そう言っているんですか……!?」

陰から見ていた私は、思わず声をあげそうになってしまいました。

お母さんが、今までに見たことがないぐらい——怒っていたからです。

「いえ、いえ、お母さん落ち着いてください、声を抑えて、決してそういうわけでは、そういうわけではないんです……ただ、一般論として申し上げただけで……」

「っ……」

「……一度、ちゃんとしたところで診てもらった方がいいのかもしれません」

「……わかりました、わざわざありがとうございます」

そう言って頭を下げるお母さんのことが、私は不思議でなりませんでした。

嫌なら怒る、悲しければ泣くんだと、そう言ったのはお母さん自身のはずなのに。

お母さんは、どちらもできていませんでした。

その日から、お母さんは本を読んでいることが多くなりました。

「これはね、お仕事の大事な本なの」

お母さんは笑いながらそう答えていましたが、きっと、知らなかったのでしょう。

私、実は幼稚園の頃から結構漢字が読めたんです。

だからお母さんの読んでいる本が、私のための本だということは分かっていました。

分かってはいたけれど、黙っていました。

黙って、私も一人で笑顔の練習をしました。


小学校にあがりました。

結局、私に例のルールを習得することはできず……。

色々考えた結果、代替案として「感情を口に出す」という方法をとることにしました。

楽しければ「楽しい」と言う、
悲しければ「悲しい」と言う、
そして嫌なことがあれば「嫌だ」と言う、
話題作りのためにいっぱい勉強して、相手を不快にさせないように丁寧な言葉で喋《しゃべ》り、でもそれだけだと硬いので、時には小粋なジョークなんかも交えたりしながら。

私は言葉で「私」を伝えることにしました。

努力の甲斐《かい》があったのか、小学校では幼稚園以上にたくさん友達ができました。

みんないい人たちばっかりです。

元々勉強が好きだったこともあって、テストはいつも満点、お母さんから褒《ほ》められました。

運動だって苦手じゃありません。むしろ得意な部類です。

周りは私のことを「天才」「神童」「ギフテッド」など、さまざまな呼び方をしました。

全てが順調だったのです、あの日までは。

「……ごめん、もう雪音《ゆきね》ちゃんとあそべない」

ある日、一番の親友から突然そんなことを言われました。

全くの寝耳に水で、その瞬間、私は唯一の武器であった言葉すらも失ってしまいました。

「あのね、ママがいうの、あの子はあなたを見下してるんだって……自分よりバカだと思ってるから、つんとすましてるんだって……だからもうあそんじゃダメだって……」

彼女は泣いていました。

大粒の涙が指をなぞってこぼれるのを見て、私はぎゅっと胸が締め付けられます。

「雪音ちゃん……本当に、そうなの……？」

「……ちが、私は」

「っ！」

私が否定するよりも先に、彼女は逃げ出してしまい……。

結局、それ以降、彼女とは疎遠になってしまいました。

……どうして私は、こんなにも悲しいのに、こんなにも苦しいのに、泣けないのだろう。

もしも今、涙の一粒でもこぼせていれば、彼女は……。

私は、普通でない「私」を、心底呪《のろ》いました。

……それから、少しずつ他の友達とも疎遠になっていきました。

普通でない私は、いつか普通な彼らと食い違う。

そしたらまた、あの子みたいに悲しくて辛《つら》い思いをさせてしまいます。そんなのは、私だって耐えられないのです。

だったら少しずつ距離をとろう、そう思いました。

そうこうしているうちに私は四年生に進級し、年齢は二桁《けた》になりました。友達が減って寂しいけれど、これでよかったのだと自分に言い聞かせました。

するとその年のクリスマスに、お母さんがあるものを買ってくれたのです。

「――メリークリスマス雪音《ゆきね》ちゃん、これ、クリスマスプレゼント」

それは……最新型のスマートフォンでした。

「クラスの子は普通みんな持ってるんでしょ？　お母さんの時代からは考えられないな」

そう言って苦笑するお母さんでしたが、私には分かっていました。

……お母さんは、私がクラスで孤立したことを知っている。

だからせめて友達を増やす手助けとなるように、スマートフォンを買ってくれたのだと。

嬉《うれ》しい反面、そんな気遣いをさせてしまうこと自体がとても苦しくて……

「ありがとうお母さん、すごく嬉しいです」

でも、そんな感情は努めて表に出しませんでした。

私はそういうのが、普通の人よりも得意なので。


——どうして私は普通の人たちみたいにできないのでしょう?

一日の大半をそう考えて過ごすようになりました。

勉強はできる、運動もできる。

でも……楽しければ笑う、悲しければ泣く、そして嫌なことがあれば怒る。

皆が当たり前にできているソレだけは、できない。

逆立ちして歩いたり、ジュースを鼻から飲んだりする方が、私にとってはよっぽど簡単なことなのです。

お母さんからもらったスマートフォンも、ほとんど使う機会はありませんでした。

ですがデータ通信量が一切増えないのもかえって怪しまれるだろうと思い、そのスマートフォンはもっぱら私の暇つぶしの道具となりました。

とりわけよく利用したのがI TUBE《アイチューブ》、動画投稿サイトです。

理由は……文字や画像よりも動画の方がデータ容量が大きく、より効率的に通信量を偽装できるから、それ以上の理由はありませんでした。

……それが、私にとっての転機となったのです。

「……これは」

ある動画に目が留まりました。

二次元のキャラクターが視聴者に語り掛け、身振り手振りで感情を表現し、そしてころころと表情を変える、そんな動画。

いわゆる「バーチャルアイドル」というやつでした。

「……すごい」

私は彼らに惹《ひ》かれました。

生まれ持った容姿や年齢、経歴、関係性、そして生まれつきの特性……そういった一切のしがらみから解き放たれて、自分のなりたい姿に「転生」する。

そうして、まったく新しいもう一人の自分をこの世に誕生させるのです。

これなら……

これなら、私にもできるかもしれない。

バーチャルの世界でなら、私も「普通」に振る舞えるかもしれない。

その日からの私は、偽装のためでなくもっぱらバーチャルアイドルについて調べるために、スマホを使いました。

……調べた結果。

どうやら今は、スマートフォンに専用のアプリさえインストールすれば、自由にオリジナルのアバターを作り、カメラ機能によるモーションキャプチャーで、誰でもバーチャルアイドルとして配信ができるらしい、ということが分かりました。

とりわけ高価な機材も必要ありません、スマホ一台でできてしまいます。

もちろん、それで動かせるのは最小限のものなのですが……

しかし小学生である私には、充分でした。

それに私にとってなにより重要だったのは……バーチャルアイドルがタップ一つで自在に表情を変えられること。

楽しければ笑い、悲しければ泣き、そして嫌なことがあれば怒れるのです。

だから私は、バーチャルアイドル「恋ハルヨ」として転生することを決めました。

『は～い！　みなさんこんべるじゅ～！　今日も笑顔が百分咲き！　恋ハルヨですよ～～！　元気してました～～!?』

春になり、五年生になりました。

学業は今まで通りに、並行して地道に動画配信を続けていくと……一人二人だった視聴者も、徐々に増え始めました。

ちなみに最初についたコメントはハンドルネーム・バーミーさんの「トークが面白い」。

まさか喋《しゃべ》りの練習をしていたことがこんなところで役に立つなんて、分からないものです。

今話題のトピックについて、人を不快にさせない丁寧な口調で、小粋なジョークなども交えながら……

快活な見た目と大げさなボディランゲージ、そしてコロコロ変わる表情でフレンドリーにリスナーへ語りかける。

それが、恋ハルヨの配信スタイルでした。

視聴者数が伸び始めたとはいえ、バーチャルアイドルとしての恋ハルヨの人気は、微々たるものです。

そりゃあそうでしょう。

配信環境はスマホのカメラとそれを固定するアームスタンドだけ、アバターは既存パーツを組み合わせたもので、おまけに配信はトークと歌のみです。

……でも、それでよかったのです。

私はアイドルになりたかったわけでなく、ただ普通に人と接したかっただけなのですから。

画面の向こうにいる生きた人間が、私の話を聞いて、喜んでくれる。

まあインターネットですから、時折ひどい言葉をぶつけてくる人もいるけれど、それすらも私は嬉《うれ》しかったのです。

誰も私を心配しない、誰も私を説教しない、ただ対等に接してくれる。

何故《なぜ》ならネットの世界において、恋ハルヨは限りなく「普通」の存在だったから。

ただそれだけで、私はなによりも救われた気分になるのです。

……そして同時に、私はあることを決意しました。

次のクリスマス・イブ。

お母さんからスマートフォンをもらってぴったり一年のその日、お母さんに「恋ハルヨ」としての私を見せよう。

私は大丈夫だと、
こんな私でも、アプローチさえ変えれば普通に友達が作れるのだと、証明しよう。

そうしたら、お母さんも少しは安心してくれるかもしれないから――。


……結果として、その日は人生最悪のクリスマスになりました。

「雪音《ゆきね》……悪いけどもう、こういうのは金輪際やめてもらっていい？」

「え……？」

お母さんは動画を数分見ただけで、スマホを突き返してきました。

ふぅぅ――、細く息を吐き出しながら、眉間《みけん》のシワを揉《も》むその仕草は、お母さんが苛立《いらだ》っている時のお決まりの合図です。

私はまったく、困惑してしまいました。

驚くかもしれないとは思っていましたが、まさか怒らせることになるとは思ってもみなかったのです。

「どうして」

「どうしてって、あなたね」

お母さんがもう一度深くて細い溜息《ためいき》を吐《つ》きます。

「まず、なんで私に黙ってこんなことしたの？」

質問の意味が分かりませんでした。

これは事前にお母さんの許可をとらなければいけないほど、悪いことだったのでしょうか？

お母さんは苛立《いらだ》ちを露《あら》わに、テーブルを指先でかつかつ叩《たた》きます。

「私、こんなことをさせるために雪音《ゆきね》にスマートフォンをプレゼントしたわけじゃない」

私だってお母さんを怒らせたくてしたわけじゃありません。

普通の人たちなら、感情のままここで泣いたり怒ったりできるのでしょう。

でも、私は。

「――ごめんなさい、本当に分からないんです」

ただ、震える声で伝えることしかできなくて。

「私が今、どうして怒られているのか、本当に、これっぽっちも、理解できないんです」

「……」

ほんの少しの、静寂がありました。

そして静寂ののち、お母さんはまた眉間《みけん》のシワを揉《も》みながら、ふぅ――と息を吐いて、

「……あのね雪音？　インターネットには怖い大人たちがたくさんいるの、雪音みたいに小さな子を狙《ねら》うような大人が、本当にいるの」

「でも私、別に個人情報を出しているわけじゃ」

「インターネットよ？　そんなのどこからだって漏れかねない。どうして言い切れるのかしら？　この前のニュース、見たわよね？」

「そんな、良い人たちばかりなのに」

「どうしてそんなことが分かるの？　直接会って話したわけでもないのに。悪い大人が、優しいふりをして近づいてきているだけかもしれないでしょ？」

「……」

私だってインターネットの危険性というものは、真っ先に考えました。

だからこそ個人を特定されないようトークの内容には気を配り、声もボイスチェンジャーで加工したのです。

それなのに、どうしてお母さんは頭から決めつけるのでしょう。

どうして私が無知だと決めつけるのでしょう。

どうして聞き分けのない子どものわがままをたしなめるような、そんな口調なのでしょう。

「……みんな、悪い人たちじゃありません」

「仮にそうだとしても！　わざわざ小学生の話を聞きに来るような大人なんて――！」

お母さんが何か言いかけて、はっと口を噤《つぐ》みました。

「……待ってください、今、なんと言おうとしましたか」

「……なんでもない」

そんなはずがない。

お母さんは、そんなのでごまかし切れると思っている。

さっき言いかけた台詞《せりふ》に、どれだけひどい言葉を続けようとしたのか、私には想像もつかないことだと思っている。

――そんなはずがないのに。

「と、とにかく今年いっぱい、今年いっぱいまでにそのアプリを消しておいて、話は終わり」

お母さんはそれだけ言って席を立ち……

二人だけのクリスマスパーティーが終わりました。

「……」

私は誰もいなくなったリビングで、一人考えます。

もしも私が、普通の人だったなら。

もしも私が、恋ハルヨだったなら。

……お母さんも、私の話を聞いてくれたのでしょうか？

私はスマートフォンで、今まで配信した動画のアーカイブを再生しました。

『は〜い！　みなさんこんべるじゅ〜！　今日も笑顔が百分咲き！　恋ハルヨですよ〜〜！

元気してました〜〜!?』

『はい、今日もいつも通り雑談なんかをやっていこうと思うわけですけども……あっ、バーミーさん、こんべるじゅ〜！』

『この前、今SNSで話題の激辛カレーに挑戦しようとしたんですけど、お母さんにそんな辛いの食べないで！　って止められちゃいました……悲しいですね』

『待ってください コメント読みます、ええと、ハルヨちゃんの歌を聴きたい……？　ええー、どうしましょうかねえ。あっ投げ銭いいですいらないです！　分かりました歌いますから！』

『……というわけで今日もありがとうございました！　おつべるじゅ〜！』

……恋ハルヨも、
いつもあたたかい言葉をくれるリスナーの皆さんも。

そして……私自身も。

「……全部なくなるのは、嫌です」

私はその日、生まれて初めてお母さんと戦う決意をしました。

とにもかくにも、このままでは何もできないまま全てが終わってしまいます。

しかし、再び説得しようにもお母さんは仕事が忙しく、年内は今日のようにまとまった時間はとれません。

なにより、今のままではきっと、お母さんは私の話を聞いてすらくれないでしょう。

時間を稼がなければいけません。

なにか、なにか……

——困ったことがあったらなんでも私に頼ってよ！

——私は雪音《ゆきね》ちゃんの、頼れるお姉ちゃんなんだから！

「……あ」

藁《わら》にもすがる思いで、私は、

盆と正月だけに会う、彼女の顔を思い出しました。

♠

「……本当に、悪いことをしたと思っています」

雪音ちゃんは震える声でそう締めくくった。

「突然こはるお姉ちゃんの家に押し掛けたのは、こんなバカげたこと、事前に相談したら絶対に取り合ってもらえないと思ったからです。これしか思いつかなかったんです」

「……」

俺も佐藤《さとう》さんも、彼女へかける言葉が見つけられずにいた。

「……やっぱり変ですよね、私」

雪音ちゃんのか細い声が、震えている。

その表情はやっぱり変わらなかったけれど、彼女が深く悲しんでいることだけは、痛いほど伝わってくる。

「幼稚園の先生が言っていた通り、病気なのかもしれません」

……何か言葉をかけなければいけない。

でも、曖昧《あいまい》な何かではダメだ。

「普通の人が当たり前にできることが、できないんです。そのせいでいろんな人に迷惑をかけてしまいます。いろんな人を悲しませてしまいます」

彼女の大きな痛みは、深い苦しみは……

俺にも、そして佐藤さんにも、本当の意味で想像できるものではない。

そんな俺たちの言葉は、彼女を一時慰めることはできたとしても……

きっと本当の意味で救うことはできないのだろう。

「……すみません長々と、頭が冷えてきました。やっぱり悪いのは私です。今まで迷惑をかけてしまい大変申し訳ございませんでした」

「雪音《ゆきね》ちゃん……」

こんなにも傷ついている彼女に、俺たちはなんの言葉もかけてあげられない。

助けてあげたいのに、助けられない。

無力感、どうしようもない無力感が胸の内を満たしていく。

雪音ちゃんは、最後、震える声で……

「……もっと普通に、生まれてくればよかった……」

「――ばっっっっっっかじゃない？」

……それは俺が発した言葉でも、まして佐藤《さとう》さんの発した言葉でもなかった。

俺を含めた三人が、一斉に彼女の方を見る。

「姫茴《ひめうい》、さん……？」

それまで少し離れた席で、こちらへ背を向けて座っていた彼女が、おもむろに席を立った。

そしてかつかつ靴を鳴らして、驚く雪音ちゃんに詰め寄ると、

「あんた、本気でそんなやつらの言うこと真に受けてんのー？」

「え……？」

「姫茴《ひめうい》さんっ⁉　何を……！」

慌てて止めに入ろうとした俺を、姫茴さんが手で制した。

彼女の視線は、まっすぐに雪音《ゆきね》ちゃんに向けられている。

「そんなやつらって……誰のことを言っているんですか……？」

「分からない？」

姫茴さんの横顔は……今までに見たことのないぐらい真剣だった。

一瞬、別人と見間違えるほどに。

「偶然、たまたま、フツーに生まれたってだけでイキってる、勘違いした大人どものことに決まってるでしょ」

「たまたまフツーに生まれただけ……？」

「あんた天才のくせに優しすぎ、つかフツーってそんな偉いの？」

姫茴さんは雪音ちゃんをまっすぐ見つめたまま、続ける。

「たまたま、フツーの容姿に生まれただけ、
たまたま、フツーの身体《からだ》に生まれただけ、
たまたま、フツーの頭に生まれただけ、

たまたま、フツーの家庭に生まれただけ、
たまたま、フツーに笑えて、泣けて、怒れる風に生まれただけ。

それってさ、おみくじで大吉引いて自分の実力って言い張るのと、なんか違うの？

それとも運も実力のうちとか言っちゃう感じ？　ざけんな、運は運でしょ。

努力も苦労もたいして知らないくせに、今までたまたまうまくいってただけでイキってる、
そんなぬっっっっるい連中の寝言に、なんであんたが合わせなきゃいけないのー？」

……姫茴さんの語る言葉は、どう考えても小学生に向けるソレではない。

それでも彼女のかける言葉は、俺と佐藤《さとう》さんが思いつくどんな慰めの言葉よりも誠実だった。

「要するにさあ、皆あんたの才能にビビってるだけじゃん？

アヒルの群れに交ざった白鳥の子を、黄色く塗ろうとするようなバカの集まり。

世界で一番尊いものを貶《おとし》めるような、ものの価値の分からない連中の戯言《ざれごと》。

そんなのに従うな、あんたはフツーになんかならなくていい。

自分の努力を、才能を、なかったことにするなんて、世界で一番バチ当たりなことなんだから。

だから普通に生まれてくれればよかったなんて、二度と言わないで。

あんたはそんなつまらないものなんかより、ずっと価値あるものをもう持ってるの」

……そうだ、彼女は同じなのだ。

幼い頃から身体《からだ》が弱く、いわゆる「普通」になれなかった彼女は、雪音《ゆきね》ちゃんと同じように
幼い頃から「普通」に苦しめられ、それでもなんとか現状を打破しようとあがき続けた。

その結果に生まれたのが、フォロワー6万人の現役女子高生ミンスタグラマー・ヒメ。

あらゆる「普通」をねじ伏せる、圧倒的な努力と才能の結晶。

だからこそ彼女の言葉は、対等なのだ。

「つまりあれよ、何が言いたいかっていうとー……」

だからこそ姫茴《ひめうい》さんは、
雪音ちゃんの同志として、語ることができるのだ——。


「フツーじゃないのに頑張ってるやつの方が、偉いに決まってるでしょ」


「——っ」

雪音ちゃんがはっと息をのむ。

……はたから見ていても分かった。

姫茴さんの言葉は、しっかりと雪音ちゃんに、届いている。

「あー——あ、小学生相手になにマジになってんだろわたしー、喋《しゃべ》りすぎて喉嗄《のどか》れちゃったー」

「……ありがとうございます、本当に、私は……」

「なんも感謝されるようなことしてないんですけどー、ただ自分が気持ちよくなるために説教しただけだしー」

姫茴さんがわざとらしくぶっきらぼうに言う。

きっとそれすらも、彼女なりの優しさなのだろう。

「……それでもお礼を言わせてください、おかげで私、決心できました」

雪音ちゃんの声はもう、震えていなかった。

彼女の言葉には、強い意志が乗っている。

「――私、もう一度お母さんと話します。次は絶対に、負けません」

たった今、雪音ちゃんは正しく親離れの第一歩を踏み出したのだ。

そうと決まれば、あとは――

「俺も手伝うよ、姫茴さんにいいところ全部持ってかれちゃったし、これぐらいはね」

「私も手伝う、なんてったって頼れるこはるお姉ちゃんだから」

――俺たちでも、やりようはある。

「颯太《そうた》お兄ちゃん、こはるお姉ちゃん……」

「まあ、頼れるお兄ちゃんとお姉ちゃんに任せてよ」

そう言って、俺は雪音ちゃんの頭を撫《な》でる。

彼女はこんなにも頑張った、だったら次は俺たちの番だ。

「まず雪音《ゆきね》ちゃんと冬乃《ふゆの》さんが落ち着いて話し合いをできる場所を作らないとね」

「それは俺に任せて、アテがあるから。あとはどうやって冬乃さんを呼び出すかだけど……」

「……私、やってみる」

「大丈夫？」

「任せて、こはるお姉ちゃんもいいところ見せないとね」

さっきまでの停滞が嘘《うそ》のように、あらゆることがとんとん拍子で決まっていく。

俺も佐藤《さとう》さんも、雪音ちゃんを助けたいという思いは一緒だった。

「……ま、せいぜい頑張ればー、わたしもう帰るからー」

頃合いを見て、姫茴《ひめうい》さんがいったん席へ戻ろうとした。

……が、その去り際。

「はっ？」

佐藤さんが、がしっ、と姫茴さんの腕を摑《つか》んだ。

「ちょっ、こはる？　なにこの手ー……」

「……姫茴さん、年末年始暇って言ってたよね？」

きらきら輝く佐藤さんの目を見て、姫茴さんは何か嫌な気配を察知したらしい。

「いやっ、居心地悪いとは言ったけど別に暇とは言ってな――」

「ところで雪音ちゃん！　聞きたいことがあるんだけど！」

「な、なんですか？」

「ちょっと！　せめて聞いてよー！」

抗議する姫茴さんを無視して、佐藤さんは雪音ちゃんに問いかける。

「あのバーチャルアイドル？　ってさ！　アプリさえあれば誰でもできるんだよね!?」

「え？」

脈絡のない質問に、雪音ちゃんが面食らう。

……どうやら、佐藤さんも考えることは俺と同じらしい。

「え、ええ……まあ、アプリさえインストールすれば、スマホ一つで配信はできますが……」

「だってさ！　姫茴さん！」

「そこでなんでわたしに振るのー!?　怖いんだけどー!?」

恐怖を感じて逃げ出そうとする姫茴さんだけど、佐藤さんがそうはさせない。

……諦《あきら》めてくれ姫茴さん、
乗りかけた船に、乗り合わせたのが佐藤さんだったのが、運の尽きだ。

「——みんなで年越しお泊まり会、しよ？」

オフショット　忘年会

……一体、どこで間違えたのだろう。

暗闇《くらやみ》に包まれたビジネスホテルの一室で、私は照明もつけずベッドの隅でうなだれている。

外は雪が降り始めていた。

……雪音《ゆきね》はこの寒さの中、凍えていないだろうか。

そんな考えが頭をよぎる。今すぐにでも電話をかけたくなる。

さっきなんかは警察に届けようかと思ったほどだ。

まあもちろん、姪《めい》っ子を警察に突き出すなんてできるはずもなく、今に至る。

それに……彼に言われた台詞《せりふ》がずっと頭の中に引っかかっていた。


——大人としては正しいかもしれないけれど、親としては間違ってる。

——ただの過保護です！

——対話の準備ができていないのは雪音ちゃんじゃなくて、

——あなたの方なんじゃないですかっ!?


「……っ」

戯言《ざれごと》……たかが高校生の戯言だ。

社会経験も子育て経験もない、単なる子どもの、無責任で、薄っぺらい言葉……。

何度もそう思おうとしているのに、何故《なぜ》かその言葉は、深く私の胸に食い込んでいる。

そのせいか……外のコンビニで珍しくお酒を買い込んでしまった。

お酒なんて雪音を産んでから一滴だって飲んでないのに……。

「……どうかしてる」

子どもに家出をされて、仕事もほっぽって、桜庭《さくらば》なんていう田舎までやってきて、それでも結局どうにもできなくて……

今は大晦日《おおみそか》にホテルで一人頭を抱えている。

本当に私は何をやっているのだろう？　情けなくて涙が出そうだった。

……と、そんな時、
ベッドの上のスマホが震えた。

「!?　雪音っ!?」

私は、まるで泳ぐ魚でも捕まえるみたく、スマホに飛びつき……

そして画面の表示を見て、眉間《みけん》にシワを寄せた。

「……クソ兄貴」

着信はクソ兄貴こと、佐藤和玄《さとうかずはる》からだった。

はじめは無視してやろうとすら思ったが、このタイミングだ、雪音《ゆきね》のことについての可能性が高い。

五度目のコールで電話に出た。

「……もしもし、なに」

『冬乃《ふゆの》、今大丈夫か?』

「……ええ」

相変わらず、つんと澄ました鼻につく声。

死んだクソ親父《おやじ》にそっくりの、声。

「なに? 雪音のこと?」

『いや……なに、そのことなんだが……』

「?」

『あれだ、パソコンは今、持っているか?』

「……? 一応、何かあった時のために仕事用のノートパソコンは持ってきてるけど」

『そうか、それなら好都合だが、あー……その、なんだ……』

「なに……?」

こんなにも歯切れの悪い兄貴は初めて見た。

少し、いやかなり気持ち悪い。

「……用がないなら切るけど」

『いや待て、用はある、あるんだ、だから、その、なんというか……』

ここで兄貴は、電話越しでも分かるぐらい大きく深呼吸をして……

『の、飲まないか、久しぶりに』

「……はい？」

予想の斜め上……

というかほとんど真上ぐらいの回答がきたものだから、思わず素の声が出てしまった。

「……久しぶりもなにも、私兄貴と酒飲んだことなんてないけど」

『そ、そうか？　そうだったか、いやまあ、たまにはいいだろう、年末だしな、リモートで、軽くな……』

「……」

三十数年、彼の妹をやっている私だけど……

彼は絶対、絶対に人を飲みに誘うようなタイプの人間ではない、断言できる。

ましてや今は結婚記念のハワイ旅行中なのだろう？

『清美《きよみ》には許可を取った、だから、その……な』

……どうでもいいけど兄貴、人を飲みに誘うの下手すぎないか？

絶対に裏があるのは分かり切っているけれど……まあいい。

「分かった、準備する」

ちょうどお酒もあることだし。

「どうせ暇してたし」

雪音《ゆきね》にも愛想尽かされちゃったことだし、ね……。


『……映った、聞こえているか？』

「聞こえてる」

ノートパソコンに兄貴が映っている。あの嫌味ったらしい七三分けの兄貴が。

ただいつもと違うのは、服装がアロハシャツにハーフパンツということか。

似合わない、世界で一番。

いかにもハワイアンな背景も相まって、コントの一場面にすら見えてきた。

「……いい部屋、泊まってるわね」

『それなりだ』

「清美《きよみ》さんは？」

『ベッドで横になっている……少し機嫌が悪い』

でしょうね、記念旅行の最中に。

「そっちは今何時ぐらいなの？」

『一二月三〇日の23時だ、ハワイと日本の時差はマイナス19時間、ということはそっちは一二月三一日の18時ごろか』

……相変わらず理屈っぽい嫌な喋《しゃべ》り方。

『まあそんなことはいい、とりあえず乾杯しよう、ハワイの地酒をいくつか買ってきたんだ……なんだこれは？　ラム？　初めて見る酒だな……』

「……本当に大丈夫なの？」

『なにがだ？』

「なにがって……兄貴めちゃくちゃ酒弱いじゃん」

『は？　お前より強いが？』

「どの口が言ってんの」

『いいから早く乾杯するぞ、すぐに分かる』

「はいはい、乾杯乾杯」

ノートパソコンのカメラに向かって、缶チューハイを突きだす。

本当に私は、大晦日《おおみそか》に何をやっているんだろう。

30分後。

「その、えーと…………………あれ？　なんの話だっけ……」

『あれだ……あれ…………忘れたな……』

――見事にどちらもぐでんぐでんになってしまった。

酒なんて久々すぎて忘れていた。

私も兄貴も、あの下戸だったクソ親父《おやじ》の血をしっかり引いているんだった。

ふわふわと靄《もや》のかかった思考の中でも、やっぱり「何をやっているんだ私は」という考えだけは、常にある。

『……そういえば、こはるに、会ったんだったな……？』

兄貴が呂律《ろれつ》の回らない口調で言う。

「会った会った、盆……いや正月ぶり……？　大きくなってた……」

『ふふ……そうだろう……こはるは、世界で一番、可愛《かわい》いからな……』

「はあ？　ウチの雪音《ゆきね》がいちばんに決まってる……」

……雪音。

その名を口にした途端、目の奥から熱いものがこみあげてくる。

ダメだダメだとは思うけど、アルコールのせいで歯止めが効かず、つい……。

「雪音ぇ……」

『……なんだお前、泣いているのか……？』

「泣いてないし……！」

最悪だ、最悪の大晦日《おおみそか》だ。

よりにもよって、一番見られたくない姿を、一番見られたくない人間に見られてしまった。

『珍しく弱っているな、こはるに何か言われたか……？』

「そんな……ことは……」

『それとも――押尾颯太《おしおそうた》に何か言われたか？』

「……!?」

図星を突かれたことよりも、あの兄貴の口から、押尾颯太の名前が出たことに驚いた。

あの子煩悩《こぼんのう》の兄貴が？　娘のカレシを名乗る男の名前を？

『……押尾颯太な……彼は結構、悪くないぞ……』

しかも褒《ほ》めてる!?

「どういう風の吹き回し……!?　兄貴が誰かを褒めるなんて……」

『……失敬だな……俺だって、人を褒めることぐらい、ある……』

失敬ながら生まれてこの方、そんな場面は見たことがない。

兄貴は眠たげな目で続けた。

『……彼のいいところはな……健全なんだ、精神が……』

「健全……？」

『そう……ひねくれてない、よくも悪くも普通で、まっすぐなんだ……俺たちと違ってな、ふふ……おまけにお人好《ひとよ》しだ……それのせいで、彼の周りには変な人間ばかりが集まる……清左衛門《せいざえもん》のやつ、脳味噌《のうみそ》まで筋肉でできているかと思えば……案外子育てがうまい……』

「……」

『そして押尾颯太《おしおそうた》……彼の近くにいると、大丈夫に、、、大丈夫になるんだよ、どんなに変わった人間でも、大丈夫になる……うまくは説明できないが……』

「……その聖人君子に、言われたわよ」

『なにをだ？』

「あなたは親としては間違ってる。ただの過保護だ。対話の準備ができていないのは雪音《ゆきね》ちゃんじゃなくて、あなたの方なんじゃないですか、って」

『く……くくっ……』

「は？　なに笑ってんの？　バカにしてる？」

『いや……俺と同じことを言われているのが、おかしくてな……』

「同じこと……？」

それって……

「……あの子、兄貴にも喧嘩《けんか》売ったの!?」

『ディベートだディベート……そんな品のない言い方をするな……』

一瞬酔いが覚めるほど驚いた。

この屁理屈《へりくつ》クソ兄貴と、口喧嘩《くちげんか》!?　あの子どんだけ勇気あんの!?

『……危うく言い負かされるところだった……その場では平気な振りをしたがな……実は結構こたえたよ、くく……』

「……」

くつくつと、愉快そうに笑う兄貴を見ていると……

なんだか、兄貴が世界で一番恵まれた人間に見えて、だんだん腹が立ってきた。

「……私、昔からずっと兄貴が嫌いだった」

『ほう……?』

一度口にすると、アルコールの作用でどんどん感情があふれ出してくる。

三十数年、溜《た》めに溜めた私の鬱憤《うっぷん》が爆発する。

「本当に……大嫌いだった。兄貴は昔から、私にないものをぜんぶ持ってた……どこにいたって、何をしてたって、いつだって、兄貴と比べられた。本当に辛《つら》かった……」

『……』

「正直、今でもずっと、兄貴と比べられてる気がする。なにもかも順風満帆で、普通の家庭を築いている兄貴に比べてお前はどうだ?　ちゃんとしてるのか?　って……私は……」

ふぅう――――、と深く細い息を吐く。

「……雪音にだけは、こんな辛い思いさせたくない……」

『しかし、それはお前のエゴだ』

「分かってる！　分かってるけど……」

今さらそれを引っ込めることなんて……。

しばらくの沈黙があって、兄貴がゆっくりと口を開く。

『……実はな冬乃《ふゆの》、今日のリモート飲みは、頼まれたんだ』

「頼まれた？　誰に？」

『こはるにだよ』

「こはるちゃんが……？」

『さっき電話がかかってきてな、こはるが言ったんだ、冬乃さんと話をしてください、と。普段あれだけ俺を毛嫌いしているこはるが、俺に頭を下げた。娘から頼み事をされるなんていつぶりだったかな』

「どうしてそんなことを……」

『雪音《ゆきね》ちゃんが家出をした理由……聞き出せたらしい』

「!?　な、なんて……!?」

『少し待て……今パソコンに動画のＵＲＬを転送した、あとで観《み》ておけ』

動画？　なんの？

私が疑問符を浮かべていると……

画面の中の兄貴は、どういうわけかおもむろに頭を下げた。

「は？　ちょっ、なにやって……」

『――今まですまなかった』

「えっ……？」

たとえ酒が入ってなかったとしても、私は目の前の状況を受け入れられなかっただろう。

あの兄貴が、私に頭を下げている？

人の情なんて一切持ち合わせていないあの兄貴が、私に？

『……実は分かっていたんだ、俺の存在が冬乃にとってのプレッシャーになっていたことは、しかし俺は、分かった上でなにもしなかった。それどころかいい気味だとすら思っていた』

「……どういうこと？」

『お前が――羨《うらや》ましかったんだ』

「羨ましかった……？　私が？」

『そうだ、何故《なぜ》ならお前は、俺よりも遥《はる》かに自由だったからだ』

自由、その単語を聞いた瞬間、頭にかあっと血が上る。

「バカ言わないでよ！　私がどれだけ兄貴と比べられて不自由な思いをしてきたか……！」

『お前にはそれを無視する自由があった。ただ気付かなかっただけで』

「……っ!?」

『俺は……どうしても長男だったからな、あのクソ親父の言うとおりの道に、進まざるを得なかった。だから心底お前がうらやましかった、そして同時に勿体《もったい》ないと思っていた。周りの期待に応《こた》えようとするあまり、自身が自由であると忘れている、お前のことを』

「そんな……」

『つまらない嫉妬《しっと》で、お前にそれを教えてやることをしなかった、それが俺の過ちだ。……本当に、本当にすまなかった』

「そんなっ……そんなこと、今さら言われたって……！」

『……雪音《ゆきね》ちゃんなら、まだ間に合うだろう』

「……！」

私はぐっと下唇を噛《か》んで、目を伏せる。

最初からそれを言うための飲み会だったのか。

……本当に、このクソ兄貴は。嫌いだ、大嫌いだ。

こんなにも恵まれているくせに、まだ、私にないものを持っている――。

と、思ったのもつかの間、
画面外から、兄貴めがけて白いものが飛んできた。

『うおっ⁉』

……枕《まくら》だ。

ハワイとの時差はマイナス19時間、つまり向こうは今、深夜零時ごろか。

とうとう清美《きよみ》さんも堪忍袋の緒が切れたらしい。

『わ、分かった、もうやめるっ、水も飲むっ、もちろん明日ワイキキでカウントダウンの花火を見ることも忘れちゃいない！　……ふっ、冬乃《ふゆの》！』

「……なに」

『――動画は必ず観《み》ろ！　そして明日、日本時間で一月一日の15時にcafe tutujiだ！　そこでクリスマスをやり直せ！　うぶっ!?』

最後、兄貴の顔めがけて飛んできたもう一つの枕が命中して……

そこで、ビデオ通話は途切れた。

「cafe tutuji……？　クリスマスをやり直す……？」

なにがなにやら、意味が分からない。

とりあえず今は例の「動画」とやらを観ないと……。

「……あった」

確かに、兄貴から動画サイトへのリンクが届いている。

いったいなんの動画なんだろう？　私はなんの気なしにＵＲＬをクリックして……。

それから年が変わるまで泣き続けた。

四枚目　一月一日

♠

……今年最初の目覚めは、一言で言って最悪だった。

寒いし、眠いし、全身バキバキだし、喉《のど》もカラカラに渇いている。

もう少し寝ていようかとも思ったけど……

「ふがっ」

「――うぐぅっ!?」

腹に衝撃を感じて、強制的に目覚めさせられた。

な、何事!?

目を白黒させながらそちらを見ると……

空のワインボトルを抱えて幸せそうに寝息を立てる雫《しずく》さんが、大きく投げ出した足の踵《かかと》を俺の腹にめり込ませていた。

「ううう……寝てても大暴れだよこの人……」

俺は雫さんの足を避けて、反対側に寝返りを打つと……

「ひっ」

思わず、呼吸が止まってしまった。

何故《なぜ》なら目の前に天使——間違えた、佐藤《さとう》さんの寝顔が現れたためだ。

それこそお互いの鼻先が触れ合うぐらいの距離に……。

「っ!?」

もうダメだ！　俺は観念して起き上がる。

佐藤家のリビングは——死屍累々《ししるいるい》、見るも無残な有様だった。

雫さんが、麻世《まよ》さんが、蓮《れん》が、
五十嵐《いがらし》さんが、丸山《まるやま》さんが、樋端《ひばた》さんが、
ツナちゃんが、姫茴《ひめうい》さんが、
そして、佐藤さんが。

俺も含めて全部で十人、所狭しと雑魚寝をしている。

お菓子の空き袋や中途半端に中身の残ったグラス、オセロや将棋などのボードゲーム類がテーブル上で無秩序に広がる様は、もはや事件といっても過言ではない。

「結局何時に寝たんだっけ……？」

硬い床を枕《まくら》にしたせいでずきずき痛む頭をさすりながら、思い返そうとしてみる。

ダメだ、まったく思い出せない、ずいぶん遅くまでみんなで撮影していたからなぁ……。

……はっとなった。

「雪音《ゆきね》ちゃんは？」

「――呼びましたか？」

ダイニングの方から声がして、見ると雪音ちゃんが一人で朝ごはんを食べていた。

「こんべるじゅ～、お先にいただいております。すみません皆さんがあまりに気持ちよさそうに寝ていたもので」

「雪音ちゃんもう起きてたの？」

「はい、よく眠れました」

よく眠れたんだ……こんな劣悪な環境で……。

というか……

「雪音ちゃん、そのごはんなに……？」

バターを塗った厚切りのトーストにベーコンとスクランブルエッグ。

サラダにちょんとのった真っ赤なプチトマトで彩りもばっちり。温かい紅茶とデザートのヨーグルトまでついている。

なんだかずいぶんとしっかりしたモーニングセットを食べてるけど……？

「昨日颯太《そうた》お兄ちゃんが作ってくれたのを真似《まね》て作ってみました。料理を作るのは初めてですが、案外うまくできましたね」

「……やっぱ君、天才だと思う」

「恐縮です」

リスみたいにトーストをかじる、この小さな才能が末恐ろしい。

「……それに」

「それに？」

「ちゃんとお昼ご飯を食べないと、お母さんに叱《しか》られますから」

「……そうだね」

雪音ちゃん、なんだかんだ言ってもちゃんとお母さんの気持ち、考えているんだ。

そんな当たり前の事実を確かめて、俺は……

「……ちょっと待って、お昼ご飯？」

「はい」

雪音ちゃんがこともなげに答える。

俺はゆっくりと時計へ目をやって……ぶわっと嫌な汗が噴き出た。

時刻はすでに、正午を過ぎていた。

「みっ……みんな起きて――――っ!?　めっちゃ寝坊してる――――っっ!!」

俺の絶叫が、佐藤《さとう》家にこだました。

「痛っ!?　うおい姉ちゃん!?　足踏んでるっ！」

「しょーがないでしょ洗面所狭いんだからっ！　というかレン！　いつまで歯磨いてるのっ!!　早くアタシに顔洗わせなさいよっ！」

「もーー、雫《しずく》も蓮《れん》君も、朝から姉弟喧嘩《げんか》しないでよー……」

「んんぎぎぎぎぃーーっっ！　なんでここまでしてるのに起きないのよぉぉ……！」

「わさび、びっくりするぐらい朝弱いからねぇ……」

「……ぐぅ」

「オタク起きろコラァーーっっ!!」

「もーーーっ!!　夜更かししたせいで肌ボロッボロ！　ヒメは毎朝最低でもモーニングルーティーンに二時間はかけるのにーーっ!!」

「おっ、カオル先輩そのおしろい良いですね、ボクにも塗ってくれませんか？」

「ファ・ン・デ……！　二度と間違えないでよ一年小娘……！」

「ひぃぃ……オバケより怖いよぉぉ……！」

「ーーよし！　片付け完了！　cafe tutuji行きのバスあと五分でくるよ！　こはるさん！　雪《ゆき》

音《ね》ちゃん！　準備できてる!?」

「うん！　もちろんだよ颯太《そうた》君！」

「完璧《かんぺき》です」

佐藤《さとう》さんと雪音ちゃんが、揃《そろ》って親指を立てる。

……こうして見てみると、やっぱり従姉妹《いとこ》だ。

ともあれ、土壇場でだいぶバタついてしまったけれど、みんなの準備も間に合ったらしい。

「――じゃあ行こう！　まだやることはたくさんあるからね！」

俺の号令に、玄関に集まったみんなは文字通り十人十色の返事をする。

ただ一人、雪音ちゃんを除いて。

「まだやることがたくさんある？　ちょっと待ってください」

「？　どうしたの雪音ちゃん？」

「私はこれからcafe tutuji？　でお母さんと話し合いをする――そういう風に、こはるお姉ちゃんと颯太お兄ちゃんが手配してくれたとは聞きましたが……でしたら皆さんはもう、やることなんてないはずでは？」

「……あっ」

しまった、寝不足のうえにバタバタしていたせいで、つい口が滑ってしまった。

ここにきての幹事のやらかしに、皆の視線が突き刺さる。

「それにお母さんがcafe tutujiへくるのは15時と聞きました、焦るにはまだ早すぎるような……」

まずい、この流れは。

俺は慌てて佐藤《さとう》さんへ目配せをする。

佐藤さんもすぐにその意図を汲《く》み取ってくれた。

「ゆっ、雪音《ゆきね》ちゃん！　よく考えたらまだ家の片付けが残ってたから！　私たちは次のバスでいこっか!?」

「え？　それはもちろん、いいですけど……」

「じゃ、じゃあ皆！　私たちあとで行くから！　いってらっしゃーい！」

「う、うん、じゃあいってきまーす……！」

ちょっと強引だけど……誤魔化《ごまか》せたということにしておこう！

そんなこんなで、俺の先導のもと、雪音ちゃんと佐藤さんを除くメンバーはぞろぞろと佐藤家の玄関から外へ出て、ドアを閉め……

「……言い出しっぺのくせに」

「間抜け」

「馬鹿《ばか》ソータ」

「うう、ごめんて……」

皆からの総バッシングにあってしまった。

まったく返す言葉もない……。

「……というか今更だけど皆ごめんね、年末年始に付き合ってもらっちゃって」

「それ、今さら過ぎるでしょー」

姫茴《ひめうい》さんが溜息《ためいき》混じりに言う、……ごもっとも。

でも、なんだかんだ不満を言いつつも、最後まで付き合ってくれるつもりなのだ。そしてそれは、他の皆も同様である。

「やるって決めたんでしょー？　だったら最後までわがまま突き通しなさいよー」

「……そうだね」

……本当に姫茴さんは、優しい人だ。

彼女の言葉に、みんなが勇気づけられる。

おかげで俺の迷いも吹っ切れた。

「――よし！　じゃあ皆！　今日は最高のク、リ、ス、マ、スにしよう！」

♥

皆が家を出ていったあと……

私と雪音《ゆきね》ちゃんは家の中の片付けを、必要以上に念入りにして、

「これでよし……と」

「こはるお姉ちゃん、こっちもテーブル拭《ふ》き終わりました」

雪音ちゃんが戻ってきたことで、それも今完璧《かんぺき》に終わった。

「だいぶ綺麗《きれい》にできたね」

「そうですね」

……元通り綺麗になった家の中の様子を見ると、なんだかちょっと、寂しい気持ちになる。

昨日が楽しかったぶん、特に。

「……呼んだ私が言うのもなんだけど、まさか皆、本当に遊びに来てくれるなんてね」

「とても賑《にぎ》やかなお泊まり会でした」

「楽しかったね」

「ええ」

雪音ちゃんがこくりと頷《うなず》く。

彼女の無表情な横顔は、しかし隠し切れないほどの喜びをたたえていた。

そして彼女は、ぽつりぽつりと語り出す。

「……雫《しずく》さんは、とても明るくて楽しい人です。

麻世《まよ》さんは大人のお姉さん、いるだけで安心します。

蓮《れん》さんは……見た目は怖いけど、面倒見のいい人です。五十嵐《いがらし》さんは誰よりも友達想いで、丸山《まるやま》さんはとても物知りで、樋端《ひばた》さんは癒し系。ツナちゃんさんは、私が言うのもなんですが可愛《かわい》い妹みたいな存在で、姫茴《ひめうい》さんは……すごく素敵で、カッコいい人です。颯太《そうた》お兄ちゃんも、こはるお姉ちゃんも……

……みんなみんな、良い人です」

「……そっか」

友達のことを良く言われて、嬉《うれ》しくないわけがない。

自然と頰《ほお》が緩んでしまう。

「私、桜庭《さくらば》にきてから、ずっと楽しかったです」

「雪音ちゃんが桜庭を好きになってくれてよかった」

「……本音を言うと、まだ帰りたくありません」

雪音ちゃんが、部屋の隅にまとめられた自分の荷物をちらと見る。

その仕草に、思わず胸が締め付けられる。

「雪音ちゃん、その……」

「――でも、もう大丈夫です」

雪音ちゃんは私の言葉を遮って、力強く言う。

「私はもう、大丈夫です。皆さんのおかげで、大丈夫になりました。だから、ちゃんとお母さんとお話しをして、ちゃんと私の家に帰ります」

……どうやら私の杞憂《きゆう》だったみたいだ。

「雪音《ゆきね》ちゃんは、強いね」

私は彼女に優しく微笑《ほほえ》みかけて、その小さな頭を撫《な》でる。

そろそろ、バスの時間だ。

「じゃあ雪音ちゃん、行こうかcafe tutujiに。お母さんが待ってる」

「はい」

そうして私は、雪音ちゃんを連れて、家を出る。

最後、玄関のドアから出る際に、雪音ちゃんは深くお辞儀をして「お世話になりました」と言っていた。

本当にしっかりした子だと、しみじみ思う。


それから私と雪音ちゃんはバスに乗り込んで、cafe tutujiへと向かった。

外は雪が積もっていた。

窓から眺める家々は、どこも正月飾りをしていて、そういえば今日は元日だったな、なんて当たり前のことをふと思い出したりもする。

そんな風に、バスに揺られること数十分……。

「着いたよ」

「ここが……」

私と雪音ちゃんがバスを降りると、目の前には雪に覆われたcafe tutujiがあった。

雪のない時季はフラワーガーデンに咲き誇る四季折々の花が楽しめるわけだけれど……一面の銀世界にぽつりと佇《たたず》むカフェというのも、それはそれで趣がある。

本来ならば休業中のところ、押尾《おしお》君が清左衛門《せいざえもん》さんと交渉して、特別に貸し切り営業にしてくれたのだ。

「ここが颯太《そうた》お兄ちゃんのカフェ……まさか本当に来られるなんて」

「どうしても雪音ちゃんをここに連れてきたかったの、私にとっても思い出の場所だから」

「……そういえば皆さんはどこに？」

「この寒さだし、屋内で待ってるよ」

「そうですか、じゃあ私たちも……」

私は歩き出そうとする雪音ちゃんを手で制して、その場に引き留める。

「……こはるお姉ちゃん？」

「雪音ちゃん、悪いんだけどね、少し遅れて来てもらってもいいかな？」

「……はい？」

「私が行ったあと、百数えてからきてほしいんだ、お願いね」

「えっ、ちょっ、あっ……」

私は引き留める雪音《ゆきね》ちゃんの声をあえて無視して、小走りでカフェへ向かっていく。

ごめんね雪音ちゃん、寒いところに置き去りにしちゃって。

すぐ、着替えるからね……！

❄

「三十、三十一、三十二……」

……真っ白な世界で、ゆっくりと数字を数えます。

雪は音を吸収すると言われています。

だから今この場所は、東京では考えられないほどの静寂に満ちておりました。

そこでただ淡々と数字を数えていると……いろんなことを、考えてしまいます。

「五十五、五十六、五十七……」

こはるお姉ちゃんたちは、いったい何を企んでいるのでしょう。

さすがに私も、何も気付かないほど子どもではありません。

というかあの人たちは隠し事が下手すぎるのです。

……もしかして、

昨日のうちに、私に知られないよう、大人たちの間で話し合いが終わっていて、中へ入ったらお母さんが待ち構えていたりしたら、どうしましょう。

「八十三、八十四、八十五……」

……私、お母さんとうまく話し合いができるでしょうか？

そんな不安が頭をもたげてきます。

私はお母さんにいっぱい迷惑をかけました。

お母さんは私のことをどう思っているのでしょう。

怒っている？　呆《あき》れている？　それとももう、愛想を尽かした？

考えれば考えるほど、私の中を強い臆病風《おくびょうかぜ》が吹き抜けます。

だけど……

「……九十八、九十九、百」

もう、数え終わってしまいました。

私はこはるお姉ちゃんの言いつけ通り、雪を踏みしめながら、庭園を突っ切って、店へと続く道を歩きます。

……ほんの少しだけ、憂鬱《ゆううつ》でした。

お母さんと話すのが怖い、それももちろんあります。

ですが一番は、皆と過ごせる時間があとわずかという事実……これがやっぱり、たまらなく寂しいのです。

「……」

私はわざとたっぷり時間をかけて、雪道を歩いて……

しかし、すぐに目的地にたどり着いてしまいます。

扉の前に立った時、私の憂鬱《ゆううつ》は頂点に達しました。

「……」

このドアを開けば、私の家出は、きっと終わってしまう。

そうしたら、どんな結果になろうとも、いつもの日常に戻らないといけない。

あの厳しくて辛《つら》い東京に帰らなくてはいけない、そんな確信があったのです。

……だけど、
だけど私は……変わると決めました。

勇気を、振り絞って、

「お、お邪魔しま――」

次の瞬間、立て続けに鳴るクラッカーの破裂音が、私を出迎えました。

「はっ……？」

「――メリークリスマス！　雪音《ゆきね》ちゃん！」

目の前の状況が理解できませんでした。

クリスマスの装飾が施された店内で、サンタクロースのコスプレをした皆が、笑顔で私を出迎えている。

あまりにも、あまりにも意味不明な状況に、私は思考が停止してしまいます。

皆さん本当に、何をやっているんですか……？

「今日、お正月ですよ……？」

「世間ではそうらしいね」

そう言って、サンタクロースのコスプレをした颯太《そうた》お兄ちゃんが優しく微笑《ほほえ》みました。

「雪音ちゃん、言ってたよね？　去年のクリスマスはお母さんと喧嘩《けんか》して散々だったって」

「それは確かに……言いましたが……」

「――だからさ、俺たちでクリスマスを、や、やり直そうかと思って」

……やり直す？

お正月に、クリスマスを……？

「装飾はクリスマスにウチのお店で使ったやつをそのままみんなで飾り付けして、サンタ衣装は雫《しずく》さんに原付で買い出ししてもらった。朝寝坊しちゃったせいでかなりバタバタしたけど」

「ちょっ、ちょっと待ってください！　理解が……！」

「そして俺も作ったよ、雪音ちゃんのために」

「作った？　なにを……」

「こはるさーん！　持ってきてー！」

颯太《そうた》お兄ちゃんが厨房《ちゆうぼう》の奥へ呼びかけると……

「お、お待たせ雪音《ゆきね》ちゃん！　こ、こはるサンタでーす！」

これまたサンタクロースのコスプレをしたこはるお姉ちゃん——私が百数える間に着替えたのでしょう——が、あるものを運んできました。

それは……パンケーキ。

しかも、ただのパンケーキではありません。

なんとそのパンケーキは、真っ赤なのです。

生地にも、その上のてんこ盛りのバニラアイスにも、これでもかというほど真っ赤な唐辛子パウダーが振りかけられた、世にも珍しい真っ赤なパンケーキです。

「こはるお姉ちゃん、これは……!?」

「颯太君が雪音ちゃんのために作ってくれたオリジナルパンケーキだよ」

「私の、ため……？」

「父さんが昔言ってたのを思い出したんだ、ハワイには珍しい激辛のパンケーキを出す店があるって……そこのレシピを、父さんに電話で確かめながら再現してみた。さすがに怖いから辛味はちょっと抑えたけどね」

「どうして、そんなことを」

「どうしてって」

私の問いに対して、颯太お兄ちゃんはあっけらかんと答えます。

「甘いのがニガテな雪音ちゃんにも、ウチのパンケーキを食べてほしかった。それに——雪音ちゃん言ってたでしょ？　辛い物を食べると全身から力が湧《わ》いてくるって」

「私と颯太君で考えたの！　どうにかして雪音ちゃんを元気にできないかって！」

「あっ……」

その言葉で私は……完全に理解しました。

時期外れのクリスマスパーティーも、常識破りの激辛パンケーキも。

全部が全部私のため。

普通でない私を元気づけるための、普通でない催し。

間違いない、この人たちは……

「じゃ、お母さんが来るまでまだ時間あるし、みんなで遊ぼっか」

——本当に私のためだけに、クリスマスをやり直そうとしてくれているのです。

「ありがとう、ございます」

普通の人ならきっと、大粒の涙をこぼす場面なのかもしれません。

でも、普通じゃない私は、

「ありがとう……ありがとう、ありがとう、ありがとうございます……みんな……」

――とめどなく、言葉が溢《あふ》れてくるのです。

「――じゃあ全員揃《そろ》ったことだしcafe tutujiのクリスマスパーティー、始めるよ！　皆メリークリスマース！」

そして世にも奇妙な、お正月のクリスマスパーティーが幕を開けました。


「んじゃトップバッターは私！　雫《しずく》サンタ！　雪音《ゆきね》ちゃんのために一発芸を披露しまーす！

では、ここに取り出しましたるクリスマスの売れ残りシャンパンを一瞬で消してみせ……」

「雫？　あなた原付よね？　ん？　それ飲んでどうやって帰るつもりなの？　ん？」

「しゅ、しゅみません麻世《まよ》サンタしゃま……」


「雪音ちゃ～ん、その真っ赤なパンケーキ、ヒメのミンスタ用に写真撮ってもいい～？」

「え？　ええ、どうぞ」

「わ～ありがと～！　これ絶対映《ば》えるよ～！」

「おっ、なんですかカオルサンタ先輩、気持ち悪い声出して」

「ぶち〇すわよオカルトサンタ……」

「怖いよぉぉ……」

「ねえねえ雪音ちゃん、やっぱり東京ってオシャレな人ばっかりなのぉ？」

「え、ど、どうでしょう……？」

「ひばっちサンタは東京に憧《あこが》れあるもんねぇ、私も一回は行ってみたいにゃあ」

「焦らなくても私たちならすぐに演劇部の大会で行けるわよ」

「……」

「……」

「な、なにその目？」

「みおみおサンタは熱いにゃあ」

「うるさいっ！」


「すっげえな、この子……そんな赤いパンケーキをばくばくと……」

「雪音ちゃん、俺の作ったパンケーキ美味《おい》しい？」

「はい！　冷たいバニラアイスにシナモン唐辛子とふわふわパンケーキのハーモニー……新感覚です。次の配信のネタで使わせていただきます。ありがとうございます颯太《そうた》お兄ちゃん」

「……どうにかしてウチの子ってことにならないかな」

「颯太君!?　また母性が暴走してるよっ!?」

こんなにも変わっていて、
こんなにも最高のクリスマスは、人生で初めてでした。

……しかし、楽しい時間というものは例外なく終わりがくるもので。

「……雪音《ゆきね》ちゃん、今、冬乃《ふゆの》さんから連絡あった、もうお店の前に着いてるって」

「！　……そっ、そうですか」

こはるお姉ちゃんの言葉に、心臓がばくんと跳ねます。

皆がここまでして私を勇気づけてくれたのに、やっぱりいざとなると、臆病《おくびょう》な私が顔を出してきます。

のしかかってくる不安に、心がきしきしと音を立て始めた、その時。

颯太《そうた》お兄ちゃんとこはるお姉ちゃんが、私の頭の上にぽんと手を置きました。

「……大丈夫だよ雪音ちゃん、君なら絶対になんとかなる」

「実はね、雪音ちゃん、私も昔似たようなことがあったの」

「似たようなこと……？」

「笑っちゃうぐらい、今の雪音ちゃんとそっくりの状況、その時は颯太君と皆のおかげでなんとかなった。だから――雪音ちゃんもきっと大丈夫」

……二人の言葉は、なによりも温かく……

そしてなによりも私を勇気づけてくれました。

もう、迷いはありません。

「ありがとうございます二人とも、私、今日のこと絶対に……」

と、言いかけたその言葉を遮り、玄関のドアが勢いよく開かれました。

皆驚いて、一斉にドアの方へ目をやって――

「えっ」

――固まりました。

「雪音……」

「お母、さん……？」

何故《なぜ》ならそこには、こはるお姉ちゃんや颯太お兄ちゃんと同じように――サンタコスに着替えたお母さんが、肩で息をしながら立っていたからです。

今日イチ現実離れした光景に、皆はしばし言葉を失い。

「おばサンｔ……」

「っ!!」

なにか言いかけたツナちゃん先輩が、すごい形相のこはるお姉ちゃんに口を塞《ふさ》がれました。

「お母さん……？　どうしたの、その格好……」

「……雪音」

お母さんは玄関に棒立ちになったまま、じっとこちらを見つめ……

「雪音《ゆきね》……！」

駆け寄ってきて、私の身体《からだ》を固く抱きしめました。

「お、お母さん……？」

「ごめん……ごめんなさい雪音……！　私、私は……！」

お母さんは、泣いていました。

お母さんの泣くところなんて生まれて初めて見たものですから、私はまったく困惑してしまいます。

「……」

視界の隅で、颯太《そうた》お兄ちゃんが無言で微笑《ほほえ》むと、小さく私に手を振りました。

そしてそれを合図に、みんながぞろぞろと店の奥へ消えていって……

あとには、私とお母さんだけが残ります。

……お母さんは、まだ泣き続けていました。

「雪音……私……あ、あの動画見たの……！　ごめん、私、ずっと何も気付かなくて……！」

「お母さん……」

「私、自分のことばっかりで……！　あなたのことよく知りもしないのに、あなたにずっと辛《つら》い思いをさせてた……！」

「……お母さん……」

どうしましょう。

話し合いをするつもりだったのに、あんなにもたくさんの言葉を用意したのに……何一つ、出てきません。

ただ、お母さんの身体《からだ》を強く抱きしめ返すことしかできません。

でも……

これは……

これだけは伝えなくては、いけません。

私は普通の人みたいに、楽しい時に笑えません、悲しくても泣けません、嫌なことがあっても怒れません。

だから、しっかりと、言葉で伝えるのです。

「──ありがとうお母さん、大好きです」

感謝の、言葉を。

「う、ううう、ううう……っ」

長い……長い時間、

お母さんは一言も発さずに、私の胸の中で泣き続けました。

「……ところで、お母さんはどうしてそんな格好を？」

もうお母さんの涙も涸《か》れ果てた頃。

隣に座るお母さんに、かねてからの疑問を投げかけてみると、お母さんは「うっ」と呻《うめ》きました。

目を伏せて、顔を赤くするところを見る限り、やはり恥ずかしくはあったようです。

「……その、私ずっと、あなたの前では完璧《かんぺき》なお母さんじゃないとダメだと思ってて」

「はあ」

「でも、そのせいで、雪音《ゆきね》と距離ができちゃったんじゃないかと思ったりもして……」

「……それでお茶目なお母さんアピールのためにサンタ服を？」

「……」

お母さんの顔が、サンタ帽よりも真っ赤になりました。

図星だったようです。

普段はしゃぎ慣れていないせいで、見事に空回りしていることに自分でも気づいているのでしょう。

……でも、そんな完璧でないお母さんがどうにも愛《いと》おしく見えました。

「ねえ、お母さん」

「な、なに？」

「お母さんに、見てほしい動画があるんです」

「動画？　昨日送ってきたやつじゃなくて？」

「その後に、皆で撮った動画です」

「皆……？」

私はスマートフォンを操作して恋ハルヨのチャンネルを開きました。

トップページには、昨晩投稿された一本の動画があります。

それは、ある生放送のアーカイブ。

昨日、こはるお姉ちゃんの家で、みんなと一緒に撮った――。

「……流してもいいですか？」

「うん、お母さんも見てみたい」

お母さんが私の肩に寄りかかって、スマホの画面をのぞき込みます。

「わかりました、じゃあ、再生しますね……」


『は～い！　みなさんこんべるじゅ～！　今日も笑顔が百分咲き！　恋ハルヨですよ～～！

元気してました～～!?』

バーミー：こんべるじゅ～

兎屋：こんべるじゅ～

カジタ：こんべるじゅ～

『今日は恋ハルヨの年越し生配信にきてくれてありがとうございます！　皆で良い年越しにしましょうね～～！』

『そして今日はなんと！　スペシャルなゲストをお呼びしました！』

とらふぐ：ゲスト？

『新人バーチャルアイドルが、なんと――十人！　超豪華コラボ配信となっておりま～す！』

とことこ：十!?

バーミー：ハルヨちゃんコラボとか何気に初めてじゃない？

『それぞれが得意なトークテーマについて語っていく年越しライブ！　ぜひ楽しんでいってくださいね～！』

『ええと……これもう映ってる？　んだよね？　どうも新人バーチャルアイドルの押尾《おしお》……じゃなかった、ソータです、初めまして……』

『おっと、トップバッターのソータ君、しっかり緊張してますねえ笑』

『じ、自分で自分のことアイドルっていうの恥ずかしくて……ええと、そうですね、じゃあ俺はおすすめの紅茶ブランドと、美味《おい》しい紅茶の淹《い》れ方について話しまーす……はは』

バーミー：初々しい
とらふぐ：めっちゃ緊張してる
コブ：ふつーに気になる

『どーも！　新人バーチャルアイドルのツナと！』

『ワサビでーす、よ・ろ・し・くぅ』

『今日はボクたち三人が最恐のホラー映画について徹底討論しようと思います！　まあ、語るまでもなくもう決まっていますけど！』

『どうせ一周回って、とか言って殿堂入りアメリカンホラーあげる気でしょ、権威主義だね～』

『純粋にいいものだから後の世に残ってるんですっっ!!』

『二人とも喧嘩《けんか》しないでくださ～い』

兎屋：オタク顔真っ赤ｗｗｗ
さぎのみや：俺はジャパニーズホラーだと思う
カクノジョー：昨日コンジウム観《み》てきたけどめっちゃ怖かった
『どぉーーもーー新人バーチャルアイドルのシズクでーーす』

『マヨです、よろしくね。……ちょっとシズク飲みすぎ』

『えーと、アタシはぁ……実はちょっと有名なバンドでギターボーカルやってました。ほんで、マヨはキーボードなんだけどぉ、今からカッコいいギターの弾き方を教え、えーと……』

『……シズク？』

『――めんどくせーから聴いて覚えて！　オラぁ――！　ボトルネック奏法ぉ――っ!!』

コブ：!?

さぎのみや：うっま　プロおるやん
兎屋：マヨさん絶対美人だと思う
『はじめまして、新人バーチャルアイドルのミオミオです』

『みんなこんばんは～！　新人バーチャルアイドルのヒメで～す。今日はヒメとミオミオのおすすめプチプラコスメについて教えちゃいま～す』

『……』

『……何笑ってんのー？』

『いや……ふふっ、バカみたいな喋《しゃべ》り方してるから、つい……』

（無言で殴り合う音）

『二人とも喧嘩しないでくださ～い』

バーミー：ハルヨちゃん頑張って

カジタ：百合《ゆり》の波動を感じる
とことこ：ヒメちゃん全然新人感なくない？

『はいさぁい、新人バーチャルアイドルのヒバッチですぅ』

『こ、こここっ、コハルですっ』

『レンです』

『今日はねぇ、私の故郷、沖縄についてのクイズを出題していきまぁす。リスナーの皆さんも一緒に答え、考えてみてくださいねぇ。まず簡単なところから第一問！　沖縄の代表的揚げ菓子・サーターアンダギーは沖縄の方言で、いったいどういう意味でしょうかぁ？』

『……さーたーあんだぎーって、なに？』

『――コハルちゃん？　サーターアンダギー、イントネーションちゃんとして、ね？』

『ひ、ひいい……』

『こ、こわ……』

とことこ：サーターアンダギー
コブ：サーターアンダギー
カクノジョー：サーターアンダギー

バーミー：ハルヨちゃんが楽しそうでよかった

「……雪音《ゆきね》」

一緒に動画を見ていたお母さんが、おもむろに私の名前を呼びました。

「どうしたの、お母さん」

「……たった三日で、ずいぶんと友達が増えたのね」

「……うん」

桜庭《さくらば》の皆も、
コメントをしてくれるリスナーも、
そして恋ハルヨも。

「みんな、私の大事な人たちです」

「……そう」

お母さんは優しく微笑《ほほえ》んで、

「応援してる」

ただ一言だけ、そう言いました。

やっぱり涙は出ないので、私も一言だけ、

「ありがとうございます」

そう答えました。

その瞬間、ようやく私は、クリスマスをやり直すことが叶《かな》ったのです。

エピローグ　クリスマス

その日、雪音《ゆきね》ちゃんはお母さんと和解し……正しく親離れの道を歩き始めた。

冬乃《ふゆの》さんは、恋ハルヨとしての活動を認め、同時に雪音ちゃんの個性もまた認めた。

これにて大団円、あとは雪音ちゃんと冬乃さんが東京に帰るだけ、

……となるはずだったが。

「――知ってましたよ？　こはるお姉ちゃんが見栄張って私に嘘吐《うそつ》いてたこと」

桜庭《さくらば》駅まで二人を見送りにきた俺と佐藤《さとう》さんは、別れ際に雪音ちゃんの放った衝撃的な一言で、まるで凍り付いたように固まってしまった。

「というか、気付いていませんでした？　二人とも最初の方、名字呼びと名前呼びがごっちゃになっていましたよ」

「だ、だったらなんで……」

「分かっていて、からかったんです」

「――」

うおおお……⁉　佐藤《さとう》さんの唇が、見る見るうちに真紫に……！

「ゆ、雪音《ゆきね》ちゃん……？　どうして、そんなことを……？」

「だってこはるお姉ちゃん、おだてるとすぐに話を盛りますから、つい私も面白くなってしまって、こうなったらいけるところまでいってしまえ！　と……」

「──」

「正直、カレシがいるのも最初は嘘《うそ》だと思ってました」

「雪音ちゃんっ⁉　ちょっと、そのへんにしておいてもらえるとっ⁉」

佐藤さん、羞恥《しゅうち》が限界突破して信号機みたく赤くなったり青くなったりしてるから⁉

これ以上刺激を与えたら、どうにかなっちゃいそうだから⁉

「──でも、全部ホントでした」

「……えっ？」

雪音ちゃんの言葉に、俺も佐藤さんも面食らってしまう。

全部、ホント……？

「だってそうでしょう？　こはるお姉ちゃんのミンスタ、フォロワー５０００人超えてますし」

「あ」「あ」

俺と佐藤さんが同時に声をあげる。

そうだ、確かに佐藤さんのミンスタは、姫茴《ひめうい》さんの一件以降、フォロワー数が爆増して、今となってはフォロワー6000人を超えている。

「それに普通の人より友達多いですし、颯太《そうた》お兄ちゃんも、こはるお姉ちゃんにガチ恋です」

「……」

今度は俺の顔面が赤信号になる番だった。

結局のところ、俺も佐藤さんも、最初から最後まで雪音ちゃんの手のひらの上で転がされていただけだったのだ。

本当に、末恐ろしい小学生だった。

「雪音ーーー！　そろそろ電車きちゃうわよーーー！」

「はーい！　……ではそろそろ、私も東京に帰らなくてはなりません、本当に、色々ありがとうございました」

「あ、あはは、こちらこそ……」

「またいつでも遊びにきてね雪音ちゃん！　そしたら皆で遊ぼう！」

「はい！　楽しみにしています！　……あ、そうそう」

「うん？」

「まだ一つだけ、嘘がありました」

嘘？　それはいったいどういう意味だろう。

首を傾《かし》げていると、何を思ったのか雪音ちゃんは素早く俺の背後に回り込んで……

「えいっ」

どん、とタックルをしてきた。

「──え？」

小学生女児の力とはいえ、いきなりの不意打ちに俺は大きくバランスを崩して、前につんのめってしまう。

そして俺がつんのめった先には、驚きに目を見開く、佐藤《さとう》さんの顔が……。

「──あっ」

次の瞬間。

俺の唇に、何か同じぐらい柔らかいものが、重なった。

二人の思考が完全に停止し、世界が静寂に包まれる。


「……」

……ちょっと待って、

「……」

もしかして、もしかしてだけど……

「…………」

俺と佐藤さん、今……

「…………!?」

――キスしてない!?

「よし、これで全部ホントになりましたね、スッキリしました。ではさようなら」

「――雪音《ゆきね》ちゃんっっっ!?!?!?」

俺と佐藤《さとう》さんが声を揃《そろ》えて叫んだ時、雪音ちゃんはすでに電車へ乗り込むところで、

「――あけましておめでとうございます、今年もよろしくお願いしますね、バカップルさん」

彼女の表情は、相変わらず変化しないままだったけれど……

それでも、心の底から俺たちのことを面白がっているのだけは、分かった。

♥

一月三日の夜のこと。

「――帰ったぞ」

「はーーー久しぶりの我が家！　ただいまーっ」

六日間のハワイ旅行を終え、お父さんとお母さんが家に帰ってきた。

「お父さんおかえり」

「ああ、ただいま」

リビングに入ってきたお父さんは心なしか……いや、見てわかるぐらい日焼けをしていた。

どうやら、それなりにハワイを満喫したらしい。

……私は、一つ深呼吸をすると、

「……お父さん、これ」

そう言って、あらかじめ買っておいた、小さな包みをお父さんに手渡した。

「？　なんだこれは」

「あげる。遅れちゃったけど……クリスマスプレゼント」

「…………………!?」

お父さんは、まるで天地がひっくり返ったのではないかというほどに驚いていた。

……そんなに驚かなくてもいいじゃん。

「なっ、何故《なぜ》……っ!?」

「お父さん、旅行中なのに色々助けてくれたから……一応、感謝の気持ち、みたいな」

「…………うっ」

「ちょっ、お父さん泣いてるの……!?」

「な、泣いてなどいない、いや、しかしありがとう、大事にする」

「いや、ただのクッキーだから早く食べてほしいんですけど……」

過剰に嬉《うれ》しがるお父さんがちょっと気持ち悪いけど……

お世話になってるのは事実だし……まあ、たまにはこういうのもいいと思う。

「お土産《みやげ》も頼んじゃったしね、それと交換って思えば……」

「……お土産?」

お父さんの反応に、私は一度手渡しかけたプレゼントを素早く引っ込める。

「お父さん、私、マカダミアナッツ入りのチョコレートが欲しいって言ったよね……?」

「……あっ」

「まさか忘れて……?」

「いやっ、その、こはる、違」

「……このクッキーは私が食べまーす」

かくして、私の冬休みはお父さんの絶叫によってしめくくられた。

思い返してみれば、生まれてから今までで、一番変な年末年始だったかもしれない。

了

限定公開　お母さんへ

【この動画はＵＲＬを知っているユーザーにのみ公開されています】

『……えー、以上が私、恋ハルヨの……』

『……いえ、佐藤雪音《さとうゆきね》が、お母さんに伝えたかったことの全てです』

『私はずっと……ずっと悩んでいました』

『普通の人が当たり前にできることができない。そのせいでいろんな人に迷惑をかけてしまう、いろんな人を悲しませてしまう』

『……そしてそんな私のせいで、傷つくお母さんが、見ていられなくなってしまったのです』

『……普通になれなくてごめんなさい』

『普通の子に産まれなくてごめんなさい』

『こんな形じゃないと、気持ちを伝えられなくてごめんなさい』

『……と、最初はそう思っていました』

『でも、今ならはっきり、それは違うと言えます』

『私は、普通じゃなかったおかげで、いっぱい友達ができました』

『普通じゃなかったおかげで、恋ハルヨと出会えました』

『だから私がお母さんに言うべき言葉は』

『――ありがとう』
『普通じゃない私に産んでくれてありがとう』
『だからお母さん』
『私はもう心配いらないから』
『大丈夫になったから』
『助けてくれるみんながいるから』
『だから』
『――お母さんも、自分を許してあげてください』
『自分のために笑ったり、泣いたり、怒ったりしてください』
『そうしてくれると、私はとても嬉《うれ》しいです』
『あと、これは私のわがままだけど……』
『こんな私でも、少しだけ応援してもらえると、嬉しい……かも』
『……そんなわけだから』
『待ってるね』
『じゃあ、最後はお決まりの挨拶《あいさつ》』
『――今日も笑顔が百分咲き！　恋ハルヨでした！　お母さん！　おつべるじゅ～！』

あとがき

はじめましての方ははじめまして、猿渡《さわたり》かざみです。さるわたりではございません、さわたりです。忘れてしまった方は、思い出してください。

というわけで、はい。

間に6．5巻を挟みましたものの『塩対応の佐藤《さとう》さんシリーズ』、正規ナンバリングでは実に十三か月ぶりの続編となります。

嘘《うそ》でしょ？　ぼくもついさっき奥付を見てビビりました。

先に弁解しておくと、展開に詰まっていたわけでもサボっていたわけでもなく（遊んではいた）、ちゃんと当初の予定通りの出版であります。ありますものの、それでも十三か月という数字を実際に突きつけられると、ビビるわけでございます。

感覚的にはつい最近なんですけど。

そして一年前のことを「つい最近」とか言っちゃう自分にもビビってるんですけど。

老い……そんな残酷な二文字がちらついております。

最近、味のついたジュースよりただの水が好きになってきたのも、

居酒屋で唐揚げよりも「揚げ銀杏」とか「梅水晶」みたいなおつまみばかり注文してしまうのも、

ＴＬで盛り上がる新作ゲームよりも、暗い青春時代を彩った懐かしの名作ゲームに惹《ひ》かれてしまうのも！

心当たりしかありませんでした。

年齢的にもアラサーに差し掛かり、始まっております終焉へのカウントダウン……、

——と、以前までのぼくならばそう思っていたことでしょう。

ですが、この「老い」実はそんなに悪いものではないのでは？　と最近は思い始めました。

というのも、ぼくの人生における失敗のほとんどが「若さからくるエネルギーを制御しきれず自爆」パターンなのではないかと、気付いたためです。

自意識……すべては膨れ上がった青春の自意識とかいう化け物のせいです……。

事実、今でも夜中思い出して悶《もだ》える事柄の99％は、肥大化した自意識の引き起こした不幸な事故だった気がしますしね。ギィー！

そういう意味では、最近のぼくはうまい具合に肩の力が抜けてきた感があります。

膨れ上がった自意識が加齢とともに萎《しぼ》んでいき、Creepy Nutsで言うところの「このポンコツの操縦の仕方」が分かってきた次第でございまして……。

おかげで最近は心が平穏に保たれております。ほんの少し悟りに近づけたのかもしれません。

これは「老い」でありながらも「進歩」と捉《とら》えてよいのではないでしょうか？

——しかし、しかしです。

人間的な成長は、必ずしも「作家としての成長」とは限りません。

何故《なぜ》ならば作家とは悩む生き物！

肥大化した自意識と現実の合間にすりつぶされて、呻《うめ》く者！

逆に言えば悟ってしまった瞬間に！

自意識を萎《しぼ》ませてしまった瞬間に！

世の中に対してある種の「折り合い」をつけてしまった瞬間に！

作家という生き物はは終わってしまうのでは⁉

——と、以前までのぼくならばそう思っていたことでしょう。

最近は「いや、そんなこともなくねえ？」と思い始めています。

たとえば『塩対応の佐藤《さとう》さんシリーズ』を続けていく中で、情熱とパッションと、世の中への負のエネルギーを燃料に「こなくそ！」と戦っていたあの頃のぼくは、確かにいなくなりました。

皆様の暖かい声援により、悪しき猿渡《さわたり》かざみは浄化されたのです。

それが嬉《うれ》しい一方で、一時期「丸くなっちまったな……」なんてしんみりしてしまった自分もいたわけですが……、
でも、それって要するに戦い方を変える時期がきただけの話なんじゃないでしょうか？

それまで守るものもなく修羅みたいに戦ってきたベジータが、悟空とかフリーザっていうデ

カい壁にぶち当たって「スーパーサイヤ人になるためには強さだけじゃなく優しさも必要らしい」と気付くみたいな、そういう話じゃないでしょうか？

事実、あの頃の無制限なエネルギーは失われましたが、ぼくは『塩対応の佐藤さん』を書き続けられています。そして今後も、小学館のえらい人に止められるまで終わらせるつもりもございません。

シリーズを続ければ続けるほど、書きたいものも、書けるものも、皆様に伝えたいことも、ぼく自身学びたいことも、段々と増えてゆくのです。

若さを失い、老いに片足を突っ込んだぼくは、今最も純粋に楽しんで物語を書けているのかもしれません。

――なんて綺麗《きれい》にまとめた気でいるわけですが。

そもそも本当に自意識から解放されているとしたら昔の失敗思い出して夜中にギィー！　とはならないだろ、とか。

たかだか二十代後半で人生について悟った風なこと言い出すのがもう「若い」だろ、とか。

つーかそもそも貴様ポケモン新作もスプラ新作も発売日に買って楽しんでただろ、とか。

そういうのがあるので、たぶんぼくは自分が思っているよりまだまだ若いです。

ナマ言ってすみませんでした、若輩者ですがこれからもご指導ご鞭撻《べんたつ》のほどよろしくおねがいいたします。適度なおじさんの自覚を持ちつつ頑張ります。

さて話が一転二転三転してしまいましたが、一年もあれば哲学だってそれなりに回転するでしょうということで……、
恒例の、謝辞を。

Aちき先生、今回もまたたいへん素晴らしいイラストをありがとうございます。シリーズも長く続き、当時の気持ちはほとんど忘れてしまったぼくですが、初めて先生からいただいたイラストの感動は今でも忘れられません。

毎巻毎巻、先生のイラストとともに未《いま》だ成長を続ける佐藤《さとう》さんを見るのがなによりの楽しみです。これからもいっぱいおいしいものを食べて、いっぱい成長してください（親心）。

新担当の清瀬《きよせ》さん、ごめんなさいでした（初手謝罪）。

ぼくのスケジュール管理が甘かったせいで、初仕事で「洗礼」を浴びせかけてしまいましたが、そこはさすがに年の功というか、くぐりぬけた修羅場の数が違うというか、さすがの安定感でした。

正直「今回ばかりは間に合わない!!」と何度か思いかけましたが、7巻が予定通り刊行されたのは清瀬さんのおかげです、ありがとうございました。

次からは大人としてもうちょっと……もうちょっと余裕ある進行にしますので……。

そして前担当編集の小山《こやま》さん、お疲れ様でした。

あなたのことは忘れません……たぶん。

いや、でも分からない、最近加齢のせいで記憶力の低下を感じておりますゆえ。

コミカライズ担当の鉄山《てつやま》かや先生、毎度毎度、素晴らしいマンガをありがとうございます。先生から送られてくるネームと原稿を読むのが、ぼくの毎週の楽しみです。こればっかりはおそらくこれからぼくがどれだけ老いたとしても毎回新鮮に感動することでしょう。

なんならぼくが死んだあとも全然続いてほしい……どうにかならんか……？

それぐらい素晴らしいコミカライズです、未読の方はぜひ！

そして最後に、出版に携わってくれた皆様、ならびに『しおあま』を応援してくださっている皆様へ！

ぼくが「老い」を感じ始められるほど長く、このシリーズを続けられたのは皆様の応援のおかげでございます！

とはいえまだまだ若輩の身、佐藤さんや押尾《おしお》君と一緒に、ぼく自身もまた成長を続けていこうと思いますので、ぜひ今後とも温かい目で見守っていただけると幸いです！

では、おあとがよろしいようで！　また次巻でお会いいたしましょう！

なるべく早いうちに……なるべく！　なるべくね！

AGAGAGAGAGAGAGAGAGAGA

高嶺さん、君のこと好きらしいよ

著／猿渡《さわたり》かざみ

イラスト／池内《いけうち》たぬま

定価 704 円（税込）

「高嶺さん、君のこと好きらしいよ」風紀委員長・間島の耳にしたそんな噂は……
なんと高嶺さん本人が流したもの!?　高嶺の花 vs 超カタブツ風紀委員長！
恋愛心理学で相手を惚れさせろ！　新感覚恋愛ハウツーラブコメ！

きみは本当に僕の天使なのか

著／しめさば

イラスト／䋝《わた》
定価 682 円（税込）

〝完全無欠〟のアイドル瀬在麗……そんな彼女が突然僕の家に押しかけてきた。
遠い存在だと思っていた推しアイドルが自分の生活に侵入してくるにつれ、
知る由もなかった〝アイドルの深淵〟を覗くこととなる。

千歳くんはラムネ瓶のなか

著／裕夢《ひろむ》

イラスト／raems《レームズ》

定価：本体 630 円＋税

千歳朔は、陰でヤリチン糞野郎と叩かれながらも学内トップカーストに君臨するリア充である。円滑に新クラスをスタートさせたのも束の間、とある引きこもり生徒の更生を頼まれて……？　青春ラブコメの新風きたる！

GAGAGAGAGAGAGAGAGA

ママ友と育てるラブコメ

著／緒二葉《おにば》

イラスト／いちかわはる
定価 682 円（税込）

妹が大好きなシスコンな高校生、昏本響汰。彼は妹の入園式にて、
クールで美人なクラスメイト・暁山澄を発見する。お互い妹・弟の世話をしており、
徐々に仲が深まっていく。そう、まさに二人の関係は“ママ友”だ。

GAGAGA
ガガガ文庫

塩対応の佐藤さんが俺にだけ甘い7

猿渡かざみ

発行 2023年4月23日 初版第1刷発行

発行人 鳥光 裕

編集人 星野博規

編集 清瀬貴央

発行所 株式会社小学館
〒101-8001 東京都千代田区一ツ橋2-3-1
[編集]03-3230-9343 [販売]03-5281-3556

カバー印刷 株式会社美松堂

印刷・製本 図書印刷株式会社

Printed in Japan ISBN978-4-09-453121-3

第18回小学館ライトノベル大賞
応募要項!!!!!!!!!!!!!!!!!!!!!!!!!!!!!!!!!!!!

ゲスト審査員は宇佐義大氏!!!!!!!!!!!!

（プロデューサー、株式会社グッドスマイルカンパニー 取締役、株式会社トリガー 代表取締役副社長）

大賞：200万円＆デビュー確約
ガガガ賞：100万円＆デビュー確約
優秀賞：50万円＆デビュー確約
審査員特別賞：50万円＆デビュー確約

第一次審査通過者全員に、評価シート＆寸評をお送りします

内容 ビジュアルが付くことを意識した、エンターテインメント小説であること。ファンタジー、ミステリー、恋愛、ＳＦなどジャンルは不問。商業的に未発表作品であること。
（同人誌や営利目的でない個人のWEB上での作品掲載は可。その場合は同人誌名またはサイト名を明記のこと）

選考 ガガガ文庫編集部＋ゲスト審査員 宇佐義大

資格 プロ・アマ・年齢不問

原稿枚数 ワープロ原稿の規定書式【1枚に42字×34行、縦書き】で、70～150枚。

締め切り 2023年9月末日（当日消印有効）
※Web投稿は日付変更までにアップロード完了。

発表 2024年3月刊『ガ報』、及びガガガ文庫公式WEBサイト GAGAGA WIREにて

紙での応募 次の3点を番号順に重ね合わせ、右上をクリップ等（※紐は不可）で綴じて送ってください。※手書き原稿での応募は不可。

① 作品タイトル、原稿枚数、郵便番号、住所、氏名（本名、ペンネーム使用の場合はペンネームも併記）、年齢、略歴、電話番号の順に明記した紙
② 800字以内であらすじ
③ 応募作品（必ずページ順に番号をふること）

応募先 〒101-8001 東京都千代田区一ツ橋 2-3-1
小学館　第四コミック局　ライトノベル大賞係

Webでの応募 ガガガ文庫公式WEBサイト GAGAGA WIREの小学館ライトノベル大賞ページから専用の作品投稿フォームにアクセス、必要情報を入力の上、ご応募ください。
※データ形式は、テキスト（txt）、ワード（doc、docx）のみとなります。
※Webと郵送で同一作品の応募はしないようにしてください。
※同一回の応募において、改稿版を含め同じ作品は一度しか投稿できません。よく推敲の上、アップロードください。

注意 ○応募作品は返却致しません。○選考に関するお問い合わせには応じられません。○二重投稿作品はいっさい受け付けません。○受賞作品の出版権及び映像化、コミック化、ゲーム化などの二次使用権はすべて小学館に帰属します。別途、規定の印税をお支払いいたします。○応募された方の個人情報は、本大賞以外の目的に利用することはありません。○事故防止の観点から、追跡サービス等が可能な配送方法を利用されることをおすすめします。○作品を複数応募する場合は、一作品ごとに別々の封筒に入れてご応募ください。